허문재 소설집

국경國境

문학의식

차례

국경國境

나는 중학교를 졸업할 때까지
그 지긋지긋한 섬을 떠날 수가 없었다.
섬이었지만 어쩐지 나는 지금도
농업국민학교와 농업중학교를 다닌 느낌이었다.

내가 어렸을 때 읽었던 **가와바타 야스나리**川端康成
(1899-1972)의 『**설국**』은 "국경의 터널을 빠져나오자
눈의 세상이었다."란 문장으로 시작되고 있었다. 가와바
타 야스나리는 일본 최초의 노벨문학상 수상 작가였고,
그는 자신에 대한 세상의 기대에 부응이라도 하듯이 어
느 날 갑자기 가스를 마시고 자살을 했다. 당시에 그는
이미 그냥 늙어죽었다고 해도 이상한 나이는 아니었지
만, 노벨상이 부담스러워 그랬는지도 모른다고 나는 생
각했다. "일본 정신의 정수를 표현해 낸 완성도 높은
내러티브와 섬세함"이 그의 노벨상 수상 이유 중 하나였
다. 하지만 그는 부족한 일본 정신을 자살로써 보충하려
고 했는지도 모르겠다. 그 후에 한동안 일본 작가들 사
이에선 자살이 유행처럼 번졌다. 어딘지 모르게 대단히
일본스러운 행동들이었다. 일제강점기 이래 조선의 작가
들은 먹지 못해 요절했다. 그 이후 대학에서 내가 읽은

한국문학이면사는 그렇게 기록하고 있었다.

지금 갑자기 가와바타의 『설국』이 생각난 것은 고향 친구인 **씨발 황순석**이의 아버지가 죽었기 때문이고, 조금 일찍 찾아간 장례식장에서 또 고향 친구인 **지용운**이를 만났기 때문이었다. 순석이와 용운이는 고향에서 초등학교를 함께 다닌 동창이었다. 말끝마다 '씨발'소리를 입에 달고 살았던 탓에 순석이는 '씨발 황순석'이가 됐다. 박정희 시대였고, 내가 태어난 마을은 사실상 국경 아닌 국경이었다. 그런 나에게 가와바타의 소설 속 그 국경이란 말은 왠지 이질적이고 낯설었다. 섬나라 일본의 국경이라면 대한해협의 언저리거나 독도—혹은 상상의 섬 다케시마—아니면 저 북쪽의 사할린 열도 어디쯤이어야 한다는 나의 세계지리 상식에 그 말이 어긋나고 있었기 때문이었다. 당시까지 일본인들의 머릿속엔 전국시대의 지리감각이 남아있는 모양이라고 생각할 수밖에 없었다. 그때나 지금이나 일본인들의 지리 감각은 혼란스러운 데가 많지만 말이다.

순석이 아버지의 사망 소식을 얼마 전에야 겨우 연결된 고향 동창회 핸드폰의 일제 알림 문자를 통해 받은 것은 좀 이른 오늘 아침이었다. 토요일이었고, 나는 그 문자를 확인하고도 한참을 이불 속에서 몸을 웅크리고 있었다. 백수나 다름없는 나에게 주말이라고 별다른 느낌이 있었던 것은 아니었다. 겨울 내내 종편 앞에서 박정희 전 대통령의 딸이 탄핵되는 장면과 그 전말을 보고 또 보다가 지친 다음이었다. 그리고 나서 요즘 며칠 사이엔 하루걸러 장례식장의 육개장을 먹고 다니는 거 외엔 별다른 일이 없었다. 봄이었고 환절기였다. 봄은 소생의 계절이었고 죽음의 계절이기도 했다. 남쪽의 꽃소식이 전해지기 무섭게 약속이라도 한 듯 내 주위에 남은 노인들은 앞 다퉈 세상을 떠나고 있었다. 육개장은 장례식장에서 먹는 육개장이 제일 맛있다는 말이 나도 모르게 나올 판이었다. 이러거나 저러거나 올해의 봄은 남쪽에서도, 가까이에서도 오는 듯했다.

시대문 석십자 병원의 장례식장은 다른 병원의 장례식장도 늘 그렇듯이 뒤편의 외진 곳에 있었다. 산 사람은 앞으로 들어오고, 죽은 사람은 뒤로 나가야 한다는 단순한 구도의 산물일 거였다. 적십자 병원의 장례식장은 함부로 올 곳이 아니라는 듯 입구는 좁고 가팔랐다. 애써 사람들의 출입을 경계하고 있는 듯도 했다. 출입구 앞에 잠시 서있다 보니 언젠가 한번은 이 장례식장에 와본 듯도 했으나 누구의 장례식이었는지는 생각나지 않았다. 서울과 근교의 웬만한 병원의 장례식장엔 한두 번 쯤 다 가봤을 만큼 나도 적당히 산 것인지 몰랐다.

한낮의 장례식장은 한산했다. 몇 명의 유족들만이 띄

엄띄엄 앉아서 담소를 나누고 있었다. 나는 접빈실의 한쪽 구석에 앉아서 점심도 저녁도 아닌 식사를 하고 있었다. 역시 육개장이었다. 육개장 맛은 장례식장마다 조금씩 달랐다. 일회용 종이 밥그릇과 국그릇에 담긴 음식을 무게가 느껴지지 않는 플라스틱 수저와 나무젓가락으로 먹는 일은 솔직히 늘 당혹스러웠다. 편의상 어쩔수 없는 일이고, 영혼이 떠난 망자의 자리 음식이라서 그런 걸 거라고 생각해도 이승의 음식 같지가 않아서 좀 불편했다.

내 앞 자리는 배구 선수였던 거구의 순석이가 앉은 것만으로도 꽉 찬 듯했다. 문상객이 없자 상주인 순석이는 내 앞에 퍼질러 앉아서 묻지도 않은 아버지의 임종 얘기를 죄인처럼 하고 있었다. 6·25 참전 용사인 고인은 향년 93세였고, 폐암으로 2년간 투병 생활을 했으며, 마지막엔 진통제도 효과가 없는지 너무 고통스러워 하셨고, 고통스러운 나머지 주변 사람들에게 엄청나게 욕을 퍼부었다는 식의 얘기였다. 특별한 얘기는 아니었다.

나는 밥숟가락을 놓자마자 종이컵에 맥주를 한잔 따라 마셨다. 점차 싼 외국맥주에 길들여져 가던 내 입맛에 종이컵에 따른 국산 맥주는 좀 싱거웠다. 수십 년 동안 맥주 하나 제대로 만들지 못하고 뭐 했나 투덜거리며 다시 한잔을 조심스럽게 종이컵에 따르는데 접빈실로 한 사내가 들어섰다. 작은 키에 통통한 몸매, 동글동글한 얼굴의 저 남자, 고향 친구임이 분명했으나 순간적으로 이름은 떠오르지 않았다. 그가 먼저 내 쪽의 낌새를 채고 다가왔다.

"야! 너…?!"

다가오는 그를 가리키며 내가 말했다. 내 말에 순석이가 뒤를 돌아봤다.

"씨발, 용운이잖아! 벌써 아까 와서 담배 피우러 나갔었어. 쟤 못 본 지 오래 됐지?"

순석이의 말이 채 끝나기도 전에 용운이가 내 앞에 와서 앉았다.

"참 오랜만에 본다! 조금만 늦었으면 니 장례식장에서 만날 뻔 했겠다. 얼굴 좀 보고 살자 새꺄!"

용운이가 내게 손을 내밀며 거칠게 말했다. 고향 동창회에 얼굴을 내밀지 않고 있는 나를 탓하는 소리 같았다.

손을 잡고 나자 영락없는 내 고향 친구 용운이었고, 그때 그 인간이 틀림없었다. 내 기억은 빠르게 40여 년 전의 고향으로 달려가고 있었다.

섬과 섬 사이의 해협을 건너자 곧바로 국경의 섬마을이었다.

학교에서 급식으로 나눠준 건빵으로 점심을 때우고 난 다음 시간은 체육이었다. 체육시간이라고 해봤자 운동장에 앉아서 돌을 골라내는 일이 고작이었다.

나랑 순석이와 용운이는 새로 지은 학교의 운동장에 앉아서 체육시간마다 3년째 돌이나 주워내고 있는 신세였다. 바닷가에 있는 작은 야산의 남쪽에 3년 전에 새로 지어서 옮긴 학교가 있었고, 야산의 동쪽엔 내가 사는 동네가 있었다. 순석이와 용운이가 사는 동네는 산의 서쪽에 있는 돌머루였다. 지금은 폐포구였지만 지난 6·25 사변 때까지만 해도 한강 임진강 예성강을 드나들던 배가 와서 닿던 포구였다. 마을의 북쪽엔 좁은 해협을 사이에 두고 딴 나라가 있었다. 코앞이 국경이었다. 섬을 벗어나려면 섬의 남쪽 포구에서 배를 타야만 했다.

우리 학년의 세 명 뿐인 남자였던 나와 순석이와 용운이는 시도 때도 없이 분교 같은 국민학교에서 6년째 코를 맞대고 살고 있었다. 키가 크다는 단지 그 이유로 반장은 6년 내내 씨발 황순석이가 도맡아 하고 있었다.

4학년 이후론 줄곧 수업보다도 작업에 동원되는 시간이 더 많아졌다. 늘 학교에서 하는 일이란 게 운동장의 돌을 골라내거나 옛날 읍성의 돌을 빼다가 화단이나 축대를 쌓고, 산에서 조경수로 쓸 만한 나무를 캐다가 운동장의 울타리에 심는 일이었다. 봄이면 반대로 산에 올라가 구덩이를 파고 심으라는 나무를 수십 그루씩 또 심었으며, 모내기철엔 누구 집 논인지도 모를 논에 가서 하루 종일 모를 심었다. 가뭄이 심할 때는 마른 논에 앉아서 하루 종일 호미모를 내기도 예사였다. 김을 매는 것도 아니고, 언제 올지 모를 비를 기다리며 호미로 땅을 파고 모를 내는 일이라니? 그것만이 아니었다. 여름이면 풀을 베서 거름을 만들었고, 가을엔 벼 베기에 콩 타작. 잔디 씨를 편지봉투로 하나 가득 받아서 학교에 제출하는 일도 해마다 거르면 안 되는 일이었다. 그리고 겨울이면 솔방울을 주어서 학교로 가마니 째 가져가야 했다. 겨우내 교실에서 땔 난로의 불쏘시개감이었다. 또 그게 다가 아니었다. 화방석이나 돗자리를 짜는데 쓰는 왕골 심기, 왕골 베기, 왕골 째기, 왕골 말리기, 피마자 심기, 피마자기름 짜기 등등. 학교가 아니라 무슨 노예 농장 같았다. 국민학교는 의무교육이라더니 점심시간에 고작 해병대들 먹는 건빵 한 봉지씩 던져주고 죽어라고 일만 부려먹는 것 같았다. 국방, 납세, 교육이 국민의 3대 의무라고 하더니, 교육의 의무 속에 국민학생의 노동도 포함되어 있는 것인지 모를 일이었다. 죽기 전엔 결코 이 섬을 빠져나갈 수 없을 것 같은 예감에 나는 수시로 치가 떨렸다. 스티브 맥퀸이 나오는 「빠삐용」이라는 영화를 그때 봤더라면 나는 진즉에 섬을 탈출했을

허문재 소설집

거였다. 이 모든 게 무능력하게 섬을 떠나지 못하고 술만 마시고 있는 주정뱅이 우리 아버지 탓이라고 나는 생각했다.

"어?! 씨발, 또 삐라가 떨어지네!"

순석이가 돌을 줍다가 말고 하늘을 쳐다보며 말했다. 용운이는 좀 떨어진 곳에서 주운 돌을 운동장 밖으로 던지고 있었다.

"어느 쪽 삐라야?"

내가 쳐다보지도 않고 물었다.

"씨발, 어느 쪽이면 뭐하게? 요즘은 이쪽저쪽 다 가져가봐야 공책 한 권도 주지 않잖아. 씨발!"

순석이가 볼멘소리를 했지만 그 말은 사실이었다. 시도 때도 없이 떨어지는 삐라는 이제 아궁이의 불쏘시개나 변소용 휴지로나 쓰면 쓸까 별다른 쓸모가 없었다. 전엔 그래도 삐라를 경찰지서나 학교 교무실로 가져가면 공책이나 연필 한 자루씩을 주기도 했다. 하지만 워낙 삐라가 흔해진 탓인지, 연필이나 공책을 당해낼 수가 없었든지 가져가봐야 아무 것도 주지 않자 이젠 아무도 그런 것에 관심을 가지지 않았다. 사정이야 어쨌든 북쪽에서 남쪽으로 보내는 삐라도, 남쪽에서 북쪽으로 보내는 삐라도 어찌된 영문인지 약속이나 한 것처럼 죄다 우리 마을 위에서 떨어졌다. 산에도 들에도 바다에도 삐라는 눈처럼 쌓여갔다.

위대한 영도자의 지도력 덕분에 배 터지게 잘 먹고 잘 산다는 북쪽 삐라의 내용이나, 자유 대한의 품 안에서 미치도록 행복하게 잘 살고 있다는 남쪽 삐라의 내용이나 현실감이 없기는 다 마찬가지였다. 우리에게 삐라의 내용은 양쪽 다 먼 나라 얘기 같았다. 행복의 척도가 텔레비전이라도 되는 듯이 양쪽 삐라의 사진 속엔 텔레비전이 놓여있는 방 안에서 밥상을 마주하고 행복하게 웃고 있는 가족사진이 실려 있기 예사였다. 순석이네나 용운이네나 우리 집이나 동네 어느 집에도 텔레비전은 없었고, 밥상머리에서 그렇게 웃을 일도 없었다.

순석이 말이 맞다고 생각하며 땅 속에 깊이 박혀 있는 돌을 빼내야 하나 어찌해야 하나 고민하고 있는 내 앞으로 몇 장의 삐라가 떨어졌다. 그러고 보니 운동장 여기저기에 삐라가 떨어지고 있었다.

"이런 씨발! 청소하려면 골치 아프게끔, 개 똥 싸지르듯 여기저기 또 내지르고 지랄들이냐 이거!"

순석이가 사방에 떨어지고 있는 삐라를 둘러보며 다시 투덜거렸다. 나는 습관적으로 내 앞에 떨어진 삐라에 눈길을 주었다.

'간첩 식별 요령이라? 남쪽 삐란가?'

삐라는 남쪽 거였다.

"농구화에 진흙이 묻어있는 사람은 간첩이라고? 농구화가 어떻게 생긴 신발이냐? 농구할 때 신는 신발이 따로 있는 거냐?"

나는 다 떨어진 내 헝겊 운동화와 용운이의 고무신을 교대로 쳐다보며 말했다. 아버지가 없는 용운이는 일 년 내내 검정 고무신을 신고 있었다. 집안 형편이 제일 나은 순석이는 새 축구화를 신고 있었다.

"씨발, 축구할 때 신으면 축구화고, 농구할 때 신으면 농구화지 별 거 있겠냐!"

순석이는 며칠 전에 우리가 운동장 한 구석에 땅을 파고 새로 세웠던 농구대를 바라보며 말했다. 농구공은 본 적이 있지만 농구를 해 본 적은 없었다. 어떻게 하는 운동인지도 우리는 몰랐다. 공을 바구니에 넣으면 점수를 따는 거라는데 우리가 세운 농구대엔 눈을 씻고 봐도 바구니 같은 건 없었다. 순석이나 나나 해본 운동이라곤 달리기나 개떼처럼 몰려다니며 축구공을 차 본 것이 고작이었다. 말하는 꼴을 보니 순석이도 농구화를 따로 본 적은 없는 듯했다.

"근데 왜 간첩들은 꼭 농구화를 신고 있는 건데? 그건 그렇고, 이런 시골이나 갯가 마을에서 신발에 흙을 묻히지 않고 다니는 사람이 어디 있다고 이딴 소리를 하는 거냐? 너도 신발에 흙이 묻어 있으니 간첩이냐?

나도 간첩이고? 그럼 우리 선생님도 간첩이다. 아까 보니 신발에 엄청 많이 흙이 묻어 있더라. 씨발."

나도 순석이 말투를 흉내 내며 말했다.

"씨발, 흙 묻은 신발을 신고 서울에 나타나면 간첩이란 소리가 아니겠냐? 씨발, 그러니까 촌티 내며 흙 묻은 신발을 신고 서울까지 가면 안 된다는 소리겠지."

순석이가 제법 아는 척을 하며 말했다. 내가 알기로는 순석이도 태어나서 한 번도 서울에 가본 적이 없었지만 어쩐지 맞는 말 같기도 했다.

"그런가? 그럼 이건 또 뭐야? 새벽에 산에서 내려오는 사람? 이런 사람도 간첩이라고? 우리 엄마는 매일 새벽에 산에서 나무를 해서 내려오던데, 그럼 우리 엄마도 간첩인 건가? 시골 사람들이 논밭일 나가기 전 새벽에 나무하러 산에 가는 거야 예삿일 아냐?"

나는 머리가 어지러웠다.

"씨발, 그건 또 뭔 소리야! 산이고 들이고 시도 때도 없이 싸돌아다니며 사는 게 시골 사람들 일인데 뭘 어쩌라고 씨발, 다 간첩이래!"

순석이도 자기 앞에 떨어진 삐라를 주어 읽으며 욕을 내뱉었다. 씨발 소린 역시 순석이 입에서 나와야 제 맛이 났다.

"씨발, 야! 이건 좀 흥미가 있는 말인데, 6·25 때 행방불명 됐다가 갑자기 나타난 사람?"

순석이가 용운이 쪽을 쳐다보며 의미심장한 표정을 지으며 낮게 말했다. 돌을 던지고 있던 용운이는 어느새 여기저기 떨어지는 삐라를 주워 모으느라 뛰어다니고 있었다.

"왜 그래? 용운이 아버지가 갑자기 나타나기라도 했단 말이야?"

내가 순석이를 바라보며 속삭이듯 말했다.

"씨발, 그건 아니지만, 용운이 아버지가 6·25 때 월북했다고 하던데 혹시나 해서 그냥 하는 말이다."

순석이도 목소리를 좀 낮춰 말했다.

"그런가? 하지만 쟤나 우리나 전쟁이 끝난 지 10년도 더 지나서 태어났잖아? 그러니까 용운이 아버지가 6·25 때 월북 했다는 건 말도 되지 않지? 안 그래?"

내가 순석이의 표정을 살피며 말했다. 순석이는 순간 당황하며 머리를 긁적이고 있었다.

"씨발, 그러냐? 그래도 씨발 뭐-?!"

"잘 생각해봐! 용운이 첫째 형의 아버지라면 모를까, 지난 번 지뢰 사고로 죽은 용운이의 둘째 형도 우리보다 서너 살 위니까 용운이나 용운이 둘째 형의 아버지가 월북한 것이 아니라 쟤네 첫째 형의 아버지가 월북한 거지. 안 그러냐?"

나는 용운이의 아버지가 월북한 것이 아니라 월북한 것은 용운이의 첫째 형의 아버지임을 강조하며 다시 말했다. 지난여름에 갯벌에서 지뢰 사고로 죽은 용운이의 둘째 형 얘기까지 꺼낸 것이 좀 꺼림칙했지만 생각해보니 내 생각이 맞는 것 같았다. 월북한 용운이의 아버지는 도저히 용운이의 아버지일 수가 없었다. 그동안 그런 생각을 한 번도 하지 않고 있었던 내가 더 이상했다. 나는 내 말에 스스로 맞장구를 치듯 고개를 끄덕이며 자신 있게 말했다. 나는 그저 용운이 아버지가 6·25 때 월북 했다는 주변 사람들 말을 심상하게 받아들이고 있었던 거였다. 말해놓고 보니 이번엔 내가 내 말에 놀라지 않을 수 없었다. 놀라기는 순석이도 마찬가지인 모양이었다.

　"씨발, 그럼 용운이 아버지는 누구란 말이야? 쟤네 엄만 과부잖아, 씨발!"

　순석이가 놀란 얼굴로 나를 바라보며 낮은 목소리로 물었다. 그 순간 나는 최근에 들었던 소문이 머릿속에 떠올랐다. 그리고 지난여름 장마 때 갯벌에 장난감을 주우러 나갔다가 지뢰 폭발 사고로 그 자리에서 죽은 용운이의 둘째 형 장례식 때 장면도 떠올랐다. 그 당시 정신줄을 놓았던 용운이 어머니와 자식을 잃은 듯 슬피 울던 순석이 아버지의 모습이 순간적으로 스쳐지나갔다.

그때 나는 순석이 아버지가 죽은 용운이 형의 옆에 있다가 한쪽 팔을 잃은 순석이 셋째 형 때문에 그런 것이라고만 생각했었다. 장마철마다 바닷가에 나갔던 아이들이 한두 명씩 지뢰 사고로 죽어나가는 일은 일상적인 일이었기 때문에 학교 운동장에서 치르는 장례식 때마다 울고불고 난리치는 유가족들 모습이야 흔한 모습이었다. 하지만 용운이 둘째 형의 장례식 때 울던 순석이 아버지의 모습은 같은 동네 사람이라고 하더라도 좀 더 슬프고 애틋한 데가 있었다.

나는 다시 한 번 순석이의 얼굴을 쳐다보다가 하지 말아야 할 말을 결국 내뱉었다.

"용운이 아버지가 너희 아버지라는데-?"

나는 말끝을 흐리지 않을 수 없었다. 순간 순석이가 자리를 박차고 일어서며 내게로 달려들었다.

"씨발, 어떤 개새끼들이 그 따위 소릴 하고 다녀? 날 똑바로 쳐다봐! 이 얼굴이 어떻게 저 놈 얼굴하고 닮았냐고? 저렇게 짜리몽땅한 놈하고 나하고 어떻게 같은 씨일 수 있냐 말이야 씨발!"

순석이가 내 멱살을 잡고 흔들며 말했다. 하긴 얼굴은 고사하고 키가 벌써 어른들만한 순석이와 땅강아지 같이 자그만 용운이가 그냥 봐도 형제라곤 믿어지지는 않았다. 하지만 그거야 엄마가 다르니 그럴 수도 있는 일이었지만, 순석이가 하도 세게 멱살을 잡고 흔들고 있어서 나는 아무런 생각도 나지 않았다.

"알았다, 알았어! 이거 놓고 얘기해! 소문이 다 그렇지 뭐. 그냥들 하는 말이겠지!"

나는 손을 허공에 내저으며 말했다. 숨이 막혀서 제대로 말도 할 수 없었다. 내 두 발도 땅에서 떨어져 있었다. 언제부터 듣고 있었는지 용운이가 그러고 있는 나와 순석이 옆에 와 서있었다. 용운이의 양 손엔 삐라가 한 뭉텅이씩 쥐어져 있었다. 순간 순석이가 쥐고 있던 내 멱살을 풀어놓는 바람에 나는 내동댕이 쳐지듯 땅에 주저앉을 수밖에 없었다. 용운이가 쥐고 있던 삐라 뭉치를 그런 나에게 집어 던지더니 교실 쪽으로 사라졌다. 수업이 끝났음을 알리는 종이 울리고 있었다. 소사 아저씨가 저간의 우리 사정을 다 알고 있다는 듯이 종을 힘있게 치고 있었다. 소사 아저씨가 종을 치고 있는 현관 위로 옥상에 크게 걸려 있는 표어가 그 순간 눈에 들어왔다.

의심나면 다시 보고 수상하면 신고하자
간첩 잡아 애국하고 유신으로 번영하자

비상 사이렌 소리에 온 섬이 뒤집어진 것은 다다음날

점심때쯤이었다. 일요일이었다. 예비군 중대장이 오토바이에 손풍구 같이 생긴 사이렌을 싣고 다니며 여기저기서 사이렌을 울리고 있었다. 군대를 다녀온 동네 청년들은 서둘러 예비군복으로 갈아입고 예비군 중대본부가 있는 면소재지로 달려갔다. 내게도 학교 비상연락망에 의해서 비상소집 통보가 도착한 것은 그로부터 한 시간 가까이가 지나서였다. 학교에서는 언제 벌어질지 모르는 비상사태에 대비하여 비상 연락망이란 걸 짜놓고 있었다. 전화나 다른 통신 수단이 없는 상태에서 궁여지책으로 만들어 놓은 통신 수단이었다. 학교에서부터 가까운 순서로 학생들의 인적 사항을 파악하여 학교의 비상소집 통보를 전달하는 체계였다. 연락을 받은 그 마을의 대표 학생은 자기 마을의 학생들에게 통보 사실을 전달한 후 이웃 마을의 대표 학생에게 전달하는 식이었다. 아무리 좁은 지역이라고 하더라도 연락을 받은 전교생들이 학교에 다 모이려면 서너 시간은 족히 걸렸다. 그래도 그 방법 외에는 각자 자기 집이나 동네에 흩어져 있는 학생들을 급히 소집할 수 있는 방법이 없었다.

비상소집 통보를 받고 학교 운동장에 도착했을 땐 전교생이 거의 다 모인 듯했다. 1학년부터 6학년까지 전교생이래야 백 명이 채 되지도 않는 숫자였다. 하지만 단순한 비상소집이 아닌 듯 학교 운동장에는 우리 학교

학생들뿐만 아니라 지서에서 나온 경찰관과 해병대 그리고 예비군과 민방위 대원으로 편성된 마을 어른들도 함께 뒤섞여서 자기들끼리 웅성거리고 있었다. 뭔가 단단히 일이 터지기 터진 모양이었다.

"뭐야? 지뢰사고라도 또 난 건가? 바쁜 농사철에 뭔 일이래?"

"전쟁이라도 나는 거야? 웬 이 난리야!"

"무장공비라도 넘어왔어?"

"요즘 간첩 신고하면 보상금이 얼마야! 서울에 집 한채 값을 준다잖아? 그 돈이면 평생 일 안하고도 먹고 산다는데, 간첩이라도 나타나면 누군가는 돈 벼락 맞는 거지 뭘!"

여기저기에서 달려오느라 숨도 고르지 못한 아이들과 어른들이 동네별로 모여서 웅성거리고 있었다. 한쪽 구석에 순석이네 동네인 돌머루에서 온 아이들이 모여 있었다. 키가 껑충한 순석이가 금방 눈에 띄었다. 동네별로 모였던 아이들이 다시 학년별로 모이기 시작하자 순석이가 내게로 다가왔다. 그런데 순석이랑 함께 왔어야 할 용운이는 보이지 않았다.

"용운이는 어디 두고 혼자야?"

내가 묻자마자 순석이가 흥분해서 대답했다.

"씨발, 그 새끼 정말 이번엔 돈 벼락 맞을지도 몰라!

간첩 신고한 게 그 자식이래! 지금 담임선생님이랑 지서에 있대 씨발!"

"뭐! 정말? 그게 무슨 말이야?"

이번엔 내가 더 흥분하며 물었다.

"씨발, 지금 간첩 신고가 지서에 접수돼서 이 소동인 거야! 학교 뒷산에 숨어 있던 간첩을 용운이가 발견하고 신고한 거래. 그 새끼 그거 그렇게 할 일 없이 산으로 들로 쏘다니더니 드디어 한 껀 한 거지 씨발!"

순석이가 부럽다는 듯이 말했다.

"그럼 간첩은 체포한 거야?"

쉽게 믿을 수가 없어서 내가 다시 물었다.

"씨발, 지금 지서에 있나봐. 혹시 동행이 있을지 몰라서 취조 중이래. 그래서 일단 비상부터 걸어서 섬을 포위한 거구, 씨발!"

순석이가 제법 요령 있게 설명했다.

"동행이 있었어도 벌써 천리 밖으로 달아났겠다. 나 잡아가라고 아직 그냥 있겠냐?"

내가 북쪽 하늘을 쳐다보며 말했다. 손만 뻗으면 닿을 듯 한 데가 아무나 갈 수 없는 그 곳이었다.

"근데, 이번엔 정말일까? 지난번에 용운이가 신고한 사람도 간첩이 아니라 중학교 과학 교사였다며? 저기 화개산에서 화석을 채취한다고 망치로 돌을 깨고 있던 중학교 과학 선생님을 간첩이라고 신고했다가 망신당했잖아?"

용운이가 돈 벼락을 맞는 게 꼭 부러워서 그런 것은 아니지만 왠지 그런 행운이 내 주변에서 쉽게 일어나지 않을 것 같아서 그냥 해본 소리였다.

"씨발, 이번엔 진짜 같아. 담임도 불려서 함께 지서에 들어간 걸 보면 뭔가 심상치 않아. 용운이가 신고한 게 진짜 간첩이 아니라면 담임까지 불려갈 일이 없잖아, 씨발!"

순석이가 제법 논리적으로 말하자 내가 괜한 의심을 하고 있는 건 아닌가 싶기도 했다.

"그럼 이제 용운이네는 어떻게 되는 거지? 포상금을 받으면 서울로 이사를 가는 건가? 여기엔 땅도 없고 별다른 재산도 없는데 지긋지긋한 이곳에서 계속 살 이유가 없잖아?"

갑자기 둘밖에 안 되는 남자 친구가 또 하나 줄어들 것 같은 불길한 예감이 밀려와서 내가 한 마디 더 했다. 순석이도 그 생각은 미처 못 했다는 듯이 눈만 껌벅이며 뭔가 생각을 해보는 듯했다.

"씨발, 먹고 살만한 일도 없고, 빨갱이 자식이라고 손가락질만 받으면서 이 섬에 뭐가 좋은 게 남아 있다고 여기서 계속 살겠어? 나라도 할 수만 있다면 뭍으로 나가서 살겠다. 그 집 식구들도 팔자 한번 펴봐야지, 씨발!"

순석이가 제법 어른스럽게 말해서 나는 얘가 벌써 키만큼 어른이 다 됐나 싶은 생각이 들어 새삼 녀석의 큰 키를 다시 위아래로 훑어봤다.

"용운이네 아버지가 너네 아버지란 소문이 싫어서 그런 건 아니고?"

내가 말을 꺼내자마자 순석이가 또 달려들며 소리쳤다.

"씨발놈! 이게 정말 죽을려구!"

나는 몇 걸음도 채 도망가지 못하고 이번에도 순석이의 커다란 손에 멱살이 잡히는 신세가 되고 말았다. 그때 다행히 경찰관 한 명이 구령대 위에 올라가 큰 소리로 말하기 시작했다.

"지금 이 시간부터 비상소집을 해제합니다. 신고 접수됐던 사건은 피체자의 신원이 파악돼서 잘 마무리 됐습니다. 각자 집으로 돌아가셔도 좋습니다. 예비군들은 총기를 예비군 중대에 반납하시고, 해병대들도 각 부대로 귀대하시면 됩니다. 학생들은 학년별로 일단 교실로 들어가서 담임선생님들로부터 전달 사항을 전달 받고 귀가하면 되겠습니다. 이상."

경찰관의 말이 끝나자 여기저기서 다시 수군거리는

불만의 소리가 아까보다 더 크게 들렸다.

"그럼, 이번에도 또 뻥이야!"

"신고한 놈이 누구야?"

"괜히 바쁜데 오라가라 지랄들이야!"

"빨갱이들도 농사철에 농사 안 짓고 괜한 짓 하겠어? 괜히 헛지랄이나 하게 만들고 이게 뭔 짓들이야! 이 섬 구석에 무슨 볼 일이 있다고 간첩이 넘어오겠어, 지 놈들도 생각이 있는 놈들이라면!"

"그러게나 말이지."

나는 순석이의 손에서 다시 풀려난 사실과 용운이가 섬을 떠날 일은 당분간 없을 거라는 안도감에 들떠서 어른들이 떠들어대는 불만의 소리가 내 귀에 들어오는지 안 들어오는지도 몰랐다.

"야, 그럼 이번에도 용운이가 또 헛물을 켠 거냐?"

내가 순석이를 향해 놀리듯이 다시 물었다.

"씨발 새끼! 좋냐?"

순석이도 뭐가 좋은지 웃으면서 말했다. 하지만 나는 웃을 수만은 없었다. 사실은 용운이가 간첩을 신고해서 엄청난 포상금을 받고, 그 돈으로 녀석이 먼저 이 섬을 떠난다면 뭔가 세상이 불공평하다고 생각했기 때문이었다. 그런 일이 현실이 된다면 나는 미칠 것만 같았다. 우리 아버지가 술주정뱅이가 돼서 있어도 없음만 못한 인간이 돼버린 것도 모두가 월북한 용운이 아버지 탓이라고 생각하고 있었기 때문이었다.

내가 알고 있는 저간의 일은 이랬다.

지난 사변 때 용운이 아버지, 정확하게 말하자면 용운이 첫째 형의 아버지는 이 섬의 인민위원장이었다. 광복 후 잠시 경찰에 몸을 담았던 미래의 내 아버지는 경찰 일이 못할 일이라며 사표를 쓰고 고향인 이 섬으로 돌아왔다. 그런데 며칠이 지나지 않아서 전쟁이 터지고, 삽시간에 섬은 인민군의 손에 들어갔다. 미처 도망가지도 못했던 미래의 내 아버지는 그동안 섬에서 숨죽이고 있던 좌익들에게 잡혀서 인민재판에 회부되었다. 과거 경찰에 몸담았었다는 이유에서였다. 섬도 진즉에 좌우로 나뉘어 있었다. 재판 결과는 사형이었다. 당시의 재판장이 바로 용운이 첫째 형의 아버지였다. 인민재판에서 미래의 내 아버지는 공식적으로 타살되어 뒷산에 버려졌다. 타살된 미래의 내 아버지가 그래도 숨이 끊어지지 않고 살아난 것은 겨우 숨이 붙어 있는 것을 알고 남몰래 숨겨다 치료해준 미래의 순석이 아버지 덕분이었다. 미래의 순석이 아버지와 용운이 첫째 형의 아버지 그리고 미래의 내 아버지는 우리 큰할아버지가 훈장으로 있던 서당과 일제 강점기 하에서 보통학교를 함께 다닌 친구 사이였다.

인천상륙작전이 성공하고, 낙동강까지 밀려 내려간 국군이 다시 나타나기 직전, 자칭 특공대란 사람들이 먼저 섬에 나타나 좌익과 좌익 혐의자들을 재판도 없이 마구 쏴 죽였다. 용운이 첫째 형의 아버지는 그 전에 인민군들과 섬을 빠져 나가 북쪽으로 갔다. 미래의 내 아버지는 마침내 다시 양지로 나왔다.

그러나 얼마 후 북으로 밀려갔던 인민군들이 이번엔 중공군들과 함께 다시 마을에 나타났다. 미래의 내 아버지는 다시 살기 위해 아직 불편한 몸을 이끌고 혼자서 섬을 탈출해 경찰에 복직했다. 태어난 지 얼마 안 된 내 형과 어머니는 신분을 숨기기 위해 섬의 한쪽 구석에 있던 진외가 쪽으로 피난을 갔다. 그때 용운이의 아버지가 다시 인민군들과 함께 마을에 나타났다. 그 무렵 용운이의 첫째 형이 태어났다. 하지만 이번엔 오래 가지 못하고 용운이 첫째 형의 아버지는 다시 인민군들과 함께 바다 건너 북쪽으로 쫓겨 갔다. 용운이 어머니와 갓난 용운이 첫째 형은 그런 그를 따라갈 수 없었다. 해협을 사이에 두고 전선이 2년간 교착상태에 빠졌다. 미래의 내 아버지가 다시 돌아오고, 자칭 특공대란 사람들도 다시 들어와 부역자와 그 가족들을 처단하기 시작했다. 그래도 그 와중에 미래의 내 아버지는 그런 것도 친구라고 용운이 첫째 형의 아버지가 남기고 간 용운이 어머니와 그 자식의 목숨을 지켜주려고 노력했다.

그러다가 전쟁이 끝나고, 미래의 내 아버지는 정작 수많은 죽음의 한복판에서 살아남았지만, 무섭고 더러운 세상을 비관하여 다시 경찰복을 벗고 본격적으로 주정뱅이가 되었다. 자신은 이미 사변 때 죽은 거라고 스스로 공표하고, 아무 일도 손에 대지 않았다. 이후로 어머니 혼자서 돌보는 우리 집 살림은 가난과 궁상을 벗어날 수 없었다. 이 모든 게 미래의 내 아버지를 비관케 한 용운이 첫째 형의 아버지 탓이었다.

내가 알고 있는 저간의 사정이 그랬다.

그러니까 용운이가 포상금에 돈벼락을 맞아서 이 지긋지긋한 섬을 나보다 먼저 떠나게 되는 걸 내가 좋아할 리가 없었다. 그런 일이 벌어져서는 절대 안 되는 일이었다. 적어도 반공을 국시로 한다는 이 나라에서, 세상에 정의란 게 조금이라도 남아있다면 말이다. 실제로 그런 일이 생기지 않은 게 얼마나 다행한 일인지 몰랐다.

교실로 들어간 우리는 각자의 걸상에 앉아서 담임선생님이 나타나기만을 기다렸다. 담임선생님보다도 용운이 소식이 더 궁금했지만 기다리는 수밖에 달리 도리가 없었다. 이윽고 함께 지서로 갔다던 담임선생님보다 용운이가 먼저 교실로 들어섰다. 우리의 눈이 일제히 용운이에게로 향했다. 용운이가 내 앞자리로 와서 앉았다. 풀이 잔뜩 죽어 있었다.

"이번엔 또 누굴 간첩이라고 신고한 거야?"

어차피 겪고 넘어가야할 문제라서 내가 먼저 조용히 물었다. 그 순간 나에겐 정말 악의가 없었다. 녀석도 지서에서 학교로 돌아오며 마음의 정리가 어느 정도 된 것인지 그런 나의 물음에 의외로 담담하게 말했다. 그런 그의 태도가 더 놀라웠다. 하지만 그런 태도에 놀랄 때가 아니었다.

"담임선생님 아버지!"

용운이의 대답에 교실에 있던 십여 명의 이십여 개 눈동자가 모두 두 배 이상 커지는 소리가 들렸다.

"와, 좆됐다 씨발! 이젠 하다하다가 담임 아버지까지 간첩이라고 신고하냐?"

순석이가 면박을 주며 말했다.

"누가 빨갱이 자식 아니라고 할까봐 그래? 작작 좀 해라! 그런다고 빨갱이 자식이 파랭이 자식이 되냐? 한번 해병은 영원한 해병이고, 한번 빨갱인 영원한 빨갱인 법이야!"

평소에 입바른 소리를 잘 하던 숙희였다. 부반장인 숙희 아버지는 예비군 중대장이었다. 해병대 중대장 출신이기도 했다.

"씨발, 넌 좀 가만히 있어봐! 오늘 이러다가 집에나 갈 수 있겠냐? 담임이 좆나게 화났을 거 아냐, 씨발!"

반장인 순석이가 부반장인 숙희의 말을 가로 막고 다시 나섰다.

"야 씨발아! 근데 담임한테 아버지가 있었냐?"

순석이가 나를 바라보며 말했다. 담임선생님이 우리 마을에 살고 있었기 때문이었다.

삼년 동안 우리 담임을 맡고 계신 선생님은 삼 년 전에 교육대학교를 졸업하자마자 이 섬에 오셨다. 마침 우리 마을에 빈 집이 있었기 때문에 선생님 가족들은 좁은 학교 관사로 들어가지 않고 그 집을 얻어서 우리 마을로 들어오셨다. 선생님의 가족으론 줄곧 할머니 한 분과 밑으로 남동생 둘이 있을 뿐이었다. 담임선생님의 아버지나 어머니가 마을에 나타난 적은 지난 삼 년 동안 단 한 번도 없었다.

나는 고개를 저으려다가 **마을에 떠돌고 있는 소문**이 떠올라 멈칫했다.

담임선생님의 할머니는 평양 사람이었다. 지난 사변 때 월남한 월남민이었다. 하나뿐인 아들을 데리고 남쪽으로 내려와 결혼까지 시켰다. 첫째 손자가 지금의 담임이고, 아래로 두 남동생이 또 있었으나 둘 다 배가 다르다는 소문이었다. 바람둥이였던 담임의 아버지는 담임을 낳은 후 다른 여자와 바람이 나서 집을 나갔다. 그러자 담임의 어머니도 어린 아들을 남겨놓고 집을 나갔다. 집을 나갔던 담임의 아버지는 연이어 배 다른 아들을 둘이나 데려다 놓고 다시 또 집을 나갔다. 담임의 할머니는 그런 아들과 의절한 채 생활력이 강한 평양 사람답게 혼자 힘으로 손자들을 키웠다. 마침내 교대를 졸업한 담임은 할머니와 배 다른 동생들을 데리고 이 섬으로 오게 됐다. 이것이 담임선생님과 관련하여 마을에 떠돌고 있는 얘기의 전부였다. **바람둥이들의 흔한 가족사였다.**

마을에 떠돌고 있는 소문대로라면 이번에 용운이가 신고한 담임선생님의 아버지는 가족들을 만나기 위해 아들이 근무하는 학교까지 큰 맘 먹고 찾아왔으나, 염치가 없어 가족들 앞에는 나타나지 못하고, 아들이 근무하는 학교 뒷산에 누워서 담배를 피우다가 용운이에게 간첩으로 오인 받아 신고를 당한 것이 분명했다.

"글쎄…."

나는 갑자가 뭐라 말해야할지 몰라서 머뭇거렸다. 다행히 그때 담임선생님이 교실로 들어섰다. 교실은 일순간 쥐 죽은 듯 조용해졌다. 아무래도 조용히 넘어갈 일은 아닐 거라고 나나 아이들은 생각했다. 하지만 선생님도 저간의 일이 쑥스러운지 경찰지서에서 보내온 전단

지를 묵묵히 학생들에게 전달만했다. '**간첩신고는 113**'이
라고 쓴 글씨 아래로 다음과 같은 문구가 적혀 있었다.
전화는 구경할래야 구경할 수도 없는 마을에서 간첩신
고는 113이라는 전단지의 문구는 무슨 암호처럼 보였다.

  만난 친척 간첩인가 다시 보자
  사랑하는 애인도 알고 보니 간첩
  간첩 잡는 아빠 되고 신고하는 엄마 되자

"오늘 괜히 고생들 많았다. 다들 조심해서 집으로 돌
아가거라."
  담임선생님은 그 말만 남기고 조용히 교실을 나갔다.
담임이 교실을 나가고 나자 이번엔 굿 다 해먹은 집처
럼 교실엔 적막감만이 감돌았다. 허탈해진 것은 오히려
교실에 남은 우리들이었다. 한동안 아무도 그런 교실을
떠날 수가 없었다. 씨발 황순석이도 할 말이 없는지 조
용했다.
  그 후로도 졸업할 때까지 용운이가 돈벼락을 맞아서
섬을 떠나는 일은 발생하지 않았다. 그러는 동안 결코
우리 앞에 올 것 같지 않던 졸업이 먼저 와 있었다.
  지난 수년 간 나랑 순석이와 용운이가 해놓은 일은
정말 놀라웠다. 그 넓은 운동장의 돌을 체로 걸러내더라

도 하나도 나오지 않을 정도로 모조리 골라내었으며, 교사 앞 긴 화단을 만들고 가파른 축대에 잔디를 입혔으며, 학교 울타리를 빙빙 둘러가며 수백 그루의 나무와 정원수를 심었고, 온갖 놀이기구와 운동기구를 땅을 파고 세웠다. 또한 세종대왕, 이승복 어린이, 이순신 장군, 나이팅게일 등의 동상을 세웠고, 뒷산엔 오백여 그루 이상의 밤나무도 또 심었다. 기타 잡나무는 세지 않겠다. 그리고 모를 낸 논이 수십 만 평의 면적에 달하고, 거기서 탈곡한 쌀이 수천 가마에 달했다. 콩이나 기타 잡곡은 생략하겠다. 졸업식 땐 눈물도 나지 않았다. 그런데 분교 같은 학교였지만 그렇게 고생해서 만든 학교가 우리 집보다도 더 먼저 흔적도 없이 사라지리라곤 그땐 미처 생각지도 못한 일이었다.

평생을 섬에서 붙어살며 농사나 지어야 할 것만 같았던 순석이와 용운이와 나는 국민학교를 졸업하자마자 아무도 예상치 못한 상태에서 뿔뿔이 흩어졌다. 순석이는 그 큰 키 덕분에 배구 꿈나무 선수로 뽑혀서 육지의 중학교로 갔고, 용운이는 중학교 진학을 포기하고 가족들과 함께 서울로 이사를 갔다. 아무것도 없는 섬에서 일이 터질 때마다 지서에 불려가 곤혹을 치르는 일도 지겹다며, 아무래도 대처가 낫지 않겠냐며 용운이네는 떠났다. 그 후 용운이를 다시 볼 수는 없었다. 내가 군

복무를 마치고 잠시 고향에 돌아갔을 때 용운이가 정말 주택복권에 당첨이 돼서 돈벼락을 맞았다는 얘기를 숙희에게서 들은 것은 한참 후의 일이었다. 나는 중학교를 졸업할 때까지 그 지긋지긋한 섬을 떠날 수가 없었다.

섬이었지만 어쩐지 나는 지금도 농업국민학교와 농업중학교를 다닌 느낌이었다.

저녁이 되면서 장례식장은 문상객들로 붐비기 시작했다. 갑자기 밀려든 문상객들은 어느 거인국에서 온 인간들인지 하나같이 키가 장대처럼 컸다. 순석이의 선수 시절 동료들 같았다. 배구 시즌이면 텔레비전에서 얼굴을 볼 수 있는 감독도 그 중에 섞여 있었다. 순석이가 문상객을 맞으러 일어서고 나자 자리엔 나와 용운이만 남았다.

"주택복권에 당첨된 적이 있었다며? 그 때 그 돈이면 지금쯤 부자가 됐겠네?"

옛날에 숙희에게서 들었던 말이 생각나서 용운이의 근황을 물으며 내가 말했다. 학교에 다니거나 군 복무 중인 서로의 자식들 얘기와 가정사를 간단히 주고받은 다음이었다.

"조그맣게 동네에서 슈퍼마켓 하나 하며 살고 있지 뭐. 그나마 요즘엔 대형쇼핑몰이나 편의점에 밀려서 현

상 유지하기도 힘들어. 그냥 그럭저럭 살고 있는 거지
뭐. 편의점으로 바꿔야 할지 말지 고민 중이다."

용운이가 답답하다는 듯이 말했다. 하지만 녀석의 말
엔 절박함이 없었다. 말은 그렇게 해도 그의 목소리에
선 먹고 사는데 별 지장이 없는 사람의 태평함이 스며
나오고 있었다. 옛날의 검정 고무신 그 용운이가 아니
었다.

"넌 시인이 됐다면서?"

녀석은 별 볼 일 없는 시인이란 족속들의 저간의 사
정을 다 알고 있다는 듯이 시큰둥하게 말했다. 난 긍정
도 부정도 하지 못하고 앞에 있는 술잔을 그냥 들었다
놓았다. 한숨이 절로 나왔다.

"**김동명**이란 시인을 알아?"

그때 녀석이 어느 한적한 문학사에서나 언급 할까 말
까 한 한 시인의 이름을 내뱉었다. 초등학교밖에 나오지
못한 녀석의 입에서 나올 만한 시인의 이름이 아니어서
의외였다.

"씨발, 김동명은 왜? 니가 그런 시인을 어떻게 아냐?"

내가 의외라는 듯이 물었다.

"그게 어디였는지 기억은 나지 않는데 「**국경의 밤**」인
가 하는 시 비가 있더라. 그걸 보니 시가 뭐라는 걸 좀
알 것도 같더라고. 이왕이면 난 네가 그런 시를 쓰는 시

인이 됐으면 좋겠다."

순간 내 입에서 나도 모르게 '헉'소리가 나왔다. 녀석이 덕담인지 욕인지 모를 말을 내게 건넸기 때문이었다. 내가 그동안 마음속으로 그리고 있던 시인의 족보에 김동명이란 시인은 없었기 때문이었다. 이광수 같은 대문호가 되라면 칭찬인지 욕인지 잠시 헷갈렸던 시절도 있었다. 나는 잠시 할 말을 잃고 용운이의 얼굴을 쳐다봤다. 하지만 곧 용운이의 마음을 읽을 수 있었다. 녀석이 말한 시의 작자가 김동명이 아니라 **김동환**이었지만, 언제 외워둔 것인지 그 순간 내 머릿속에 「국경의 밤」 몇 구절이 스쳐 지나갔기 때문이었다.

아하, 무사히 건넜을까.
이 한밤에 남편은
두만강을 탈없이 건넜을까.
저리 국경 강안(江岸)을 경비하는
외투 쓴 검은 순사가
오르명 내리명 분주히 하는데
발각도 안 되고 무사히 건넜을까.

나는 다시 용운이의 얼굴을 쳐다봤다. 녀석도 그 시의 어느 부분을 읊조리고 있는 듯했다.

"씨발, 니가 그 시를 정말 좀 아는가 보구나? 너네 어머니는 살아 계시냐?"

어느새 나는 자리에 없는 순석이의 말투를 닮아가고 있었다. 정작 묻고 싶은 건 그의 아버지 소식이었다.

"6년 전에 돌아가셨어. 너네 부모님은?"

이번엔 용운이가 내게 물었다.

"아버지는 10년 전에 돌아가셨고, 어머닌 지난해에 돌아가셨다."

내가 대답을 하자 용운이는 잠자코 고개를 끄덕였다.

"우리 어머니가 돌아가시기 전에 너네 아버지 얘길 하더라. 언젠가는 나라도 찾아뵙고 꼭 고맙다는 말씀 올리라고. 그런데 살다보니 살아 생전에 찾아뵙지도 못했다. 미안하다."

용운이는 내가 내 아버지라도 되는 듯이 고개를 쑥이며 말했다. 순간 나는 오래전에 섬의 우리 집 안방에서 있었던 어떤 장면이, 아니 말소리가 떠올랐다.

어느 날 밤 한방에서 잠을 자던 나는 이상한 소리에 깨어나서 내 부모가 내 형제들을 만들고, 나를 만들던 그 짓을 하는 걸 본 적이 있었다. 나는 끝까지 자는 척을 할 수밖에 없었는데, 그 짓이 끝나고 나자 아래에 깔려 있던 어머니가 말했다.

"이번에 또 돌머루 지씨네가 딸을 낳았다면서요? 지

씨가 언제 또 다녀 갔을까유? 언제까지 그렇게 그냥 두고 볼 거신까? 그러다가 발각이라도 되면 큰일 날 텐데!"

그때 어머니가 한 말은 방금 전에 방 안에서 벌어진 일보다 내겐 더 충격적인 일이었다. 돌머루 지씨네라면 용운이네를 말하는 거였다. 얼마 전에 용운이한테 여동생이 생겼다는 말을 들은 적이 있었다. 그런데 그 동생이 내 예상대로 순석이 아버지의 딸이 아니고 저쪽에서 넘어온 용운이 첫째 형의 아버지 딸이라면, 용운이도 용운이 아버지의 자식이란 소리이고, 그 집 자식 수만큼 적어도 용운이 아버지가 국경을 넘나들고 있었다는 소리였다. 우리 부모란 사람들이 지금 자기들끼리 중대한 일을 끝내놓고 흥분한 나머지 엄청난 소리를 하고 있는 거였다. 나라도 당장 일어나서 신고를 해야 하는 것이 아닌가 싶었다. 신고 포상금이면 나는 지긋지긋한 이 섬을 떠나서 남부럽지 않게 살 수 있을 것 같았다. 나는 당장이라도 자리를 박차고 일어나서 경찰지서로 달려가고 싶었다. 그러나 온 몸이 굳은 돌덩이처럼 움직일 수가 없었다.

"사람끼리 어떻게 그럴 수가 있어! 그런 말은 절대 입 밖에 내지 마라. 다 시대 탓인걸."

그때 아버지가 오랜만에 술주정뱅이 소리 같지 않은

말을 했다. 나는 그런 아버지가 또 신기해서 내처 무슨 일이 있었던가 싶게 멍하니 눈을 감고 그냥 누워 있었다.

그러고 보니 용운이네는 이미 당첨된 복권으로써 우리 곁에 늘 있었던 거였다. 하지만 아버지는 그 복권의 당첨금을 굳이 나서서 찾으러 가지 않았다. 내가 객지에서 등록금과 방값에 허덕이며 학교를 다닐 때도, 내 누이들이 돈이 없어서 상급 학교 진학을 포기했어야 할 때도, 그리고 내가 서울에 방 한 칸 구할 돈이 없어서 결혼을 포기해야 하는 거 아닌가 심각하게 고민하던 순간에도, 용운이네의 행방을 알 만한 아버지는 그 복권의 당첨금을 찾으러 갈 생각을 하지 않았던 것 같았다. 하다못해 자신의 술값으로도 생각하지 않았다. 그건 어쩌면 순석이 아버지도 마찬가지였을 거라는 생각이 지금 이 순간 막 들기 시작했다.

"씨발, 그 놈의 정이 뭔지?"

내가 순석이 아버지의 영정이 있는 쪽을 쳐다보며 혼잣말처럼 말했다. 순석이는 그 큰 키를 구부려 문상객의 절을 받고 있었다. 제법 효자 같았다.

"야 씨발, 니 아버지는?"

순석이 쪽을 바라보다가 나는 무심코 용운이 쪽으로 고개를 돌리며 얼떨결에 종놈 안부를 묻듯 물었다. 잠시 주춤하던 용운이가 말기를 알아들었는지 내 말에 대답을 했다.

"벌써 저 세상으로 가셨지. 아니, 가셨겠지."

녀석은 뭔가를 제대로 알고 있는 듯했다. 중국에 있는 사람들을 통해 저쪽에 있는 사람들의 안부를 듣기도 하고, 전화 통화도 한다는 세상이니 알려고만 하면 알 수도 있었을 터였다. 더 이상 그 문제는 묻고 싶지 않았다.

"운동한 놈들이 그래도 의리는 있네. 선수 생활 끝난 지 벌써 얼마인데 문상도 다 오고."

용운이가 말을 돌려서 선수 출신들인 듯한 거인족 쪽을 쳐다보며 말했다.

"씨발, 순석이 저 새끼 배구를 씨발 소리만큼만 했어도 지금쯤 국가대표 감독은 하고도 남았을 거다."

내가 좀 일찍 끝났던 순석이의 선수 생활이 갑자기 생각나서 말했다.

"그럼 지금 저기 저 감독은 씨발 소릴 좆나게 잘 하나 보지? 지금 네 욕이 옛날에 순석이 뺨치는 거 알아?"

용운이가 말을 받았다.

"그런가? ㅋㅋ 씨발, 그런데 너 모교 소식 좀 아냐?"

"폐교됐잖아? 건물은 다 헐리고 운동장은 콩밭이 됐다는데. 소사 아저씨가 거길 다 사서 밭으로 만들었대.

그 양반만 땡잡은 거지. 나도 숙희한테 들었다."

그 순간 내 가슴 속 저쪽에서 회한이 썰물처럼 빠져 나갔다. 뭔가 중요한 과거의 한 쪽을 송두리째 도둑맞은 기분이었다. 그 꼴을 보려고 그 때 그 고생을 하며 학교를 다녔나 싶었다. 줘다 버린 돌들을 다시 그 운동장에, 아니 소사의 콩밭에 주어다 놓고 싶은 심정이었다.

"너는 그동안 동창회에도 안 나오고, 고향에도 안 가 보고 뭐 했냐 짜식!"

"씨발, 그러게. 그 꼴을 안 보려고 가기 싫었나 보지."

술잔을 들이켜며 내가 말했다. 대낮부터 마신 술의 취기가 급하게 밀려들었다. 그때 접빈실로 부반장이었던 옛날의 그 숙희가 들어서는 것이 보였다. 비상소집이 발동된 것인지 그 때 그 국경의 아이들이 다시 몰려들고 있었다. 이 씨발년놈들하고 다시 엮이기 전에 이 진흙뻘을 빨리 벗어나야 한다고 생각했으나 몸은 자꾸 방바닥으로 꺼졌다.

내가 필름이 끊기기 전에, 용운이 너를 옛날에 신고 하지 않은 건 나랑 순석이랑 둘이서 운동장의 그 많은 돌들을 골라내기 싫어서였다고 말한 것 같기도 하고, 안 한 것 같기도 했다. 어쨌든 그 넓은 운동장의 돌을 골라내다보면 사람 손 하나가 얼마나 아쉬운지 알 만한 사람은 다 알 거였다.

'내 고향은 지금 텅 비어간다는데 여긴 왜 이렇게 사람이 많은 거지? 좆나 명복들 빈다, 씨발!'

멀어지고 있는 내 의식이 자꾸 어딘가로 달려갔다.

섬과 섬 사이의 해협을 건너자 곧바로 국경이었다. 섬은 수십 년 전에 묻어놓은 타임캡슐처럼 그대로 그렇게 묻혀 있었다. 국경의 섬은 여전히 위리안치 중이었다. - 《문학의식》 2017/겨울호

시인과 개

"아빠! 개들 일이 계획대로 되는 일 있겠어요?
우릴 너무 사람 취급하지 마세요."
밤톨이가 하소연하듯 말했다.

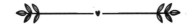

시인 우 탁은 실직 후 귀농도 귀향도 아닌 시골 생활 10년 만에, 아니 지난 보수정권 10년 만에 드디어 개 소리도 알아듣게 되었다. 하지만 처음엔 그게 뭔 개소린가 했다.

"산책 가는 거야? 나도 데려가줘!"

우 탁은 주위를 둘러보았다. 사람은 보이지 않았다. 우 탁이 초저녁 산책을 나가려고 시인의 집 마당에 발을 딛는 순간 마당 한 귀퉁이에 매여 있던 개, 밤톨이가 짖고 있을 뿐이었다.

"산책 가는 거냐고? 아빠 나야! 어딜 봐?"

우 탁은 다시 한 번 주위를 둘러봤다. 하지만 역시 사람의 흔적이라곤 눈을 씻고 다시 봐도 찾을 수 없었다. 우 탁이 발견한 것은 자신과 자신이 키우는 개인 밤톨이만이 마당에 서서 마주하고 있는 현실이었다. 자신에게 아빠란 말을 할 자식은 군대에 간 두 아들밖에 없는

데 아빠라니, 군대 간 아들 중에 하나가 휴가라도 나왔는가 싶어서 우 탁은 다시 주위를 둘러봤다. 그러나 아들들의 흔적은 아무데서도 찾을 수 없었다.

'망상인가?'

우 탁은 혼잣말로 중얼거렸다.

"아냐 아빠! 나라니까!"

그 순간 주위엔 아무도 없었고, 입을 움직인 건 밤톨이 뿐이었다는 사실을 우 탁은 알았다. 하지만 개 소리가 어떻게 사람의 소리로 들릴 수 있다는 말인가? 우 탁은 미처 그 사실을 제대로 인식할 수도 없었고, 인정할 수도 없었다. 우 탁은 잠시 밤톨이의 눈을 쏘아보았다. 그러자 밤톨이도 우 탁의 눈을 들여다보듯이 고개를 앞으로 내밀고 마주 쳐다보았다. 이윽고 밤톨이가 다시 짖었다. 아니, 말을 했다.

"아빠, 나라니까. 아빠 딸!"

순간 우 탁은 놀라서 다시 주위를 둘러보았다. 하지만 이번엔 목소리의 주인공을 찾기 위해서가 아니라 이상해진 자신의 귀를 의심해서였다. 처음부터 밤톨이를 딸처럼 키우겠다고 했던 것이 우 탁이었다.

밤톨이가 우 탁의 집으로 온 것은 지난겨울의 어느 날이었다. 아파트에선 이 개를 못 키우겠다며 상계동에 사는 우 탁의 둘째 누이가 생후 한 달이 지났을까 말까한 개 한 마리를 다짜고짜 우 탁의 집에 던져놓고 가버렸다. 우 탁의 누이는 그 개가 진돗개라고, 75%가 진돗개라고 자랑을 했지만 우 탁은 갑자기 나타난 그 개를 키울 일에 걱정이 태산이었다. 왜냐하면 우 탁의 부인이 아무리 작은 개새끼라도 앞에 나타나면 겁을 먹고 십리를 돌아가는 사람이었기 때문이었다. 그런 사람이 어떻게 개를 집에 두고 아침저녁으로 드나들 것이며, 한 집에서 동거를 할 수 있단 말인가?

예상대로 그날 저녁 면사무소에서 퇴근을 한 우 탁의 부인은 개랑 살든가 자기랑 살든가 둘 중의 하나를 선택하라고 기함을 토하며 소리를 질렀다. 그보다 집 안에 있는 개를 보자마자 기겁을 해서 소파 위로 뛰어올라간 것이 먼저였다. 우 탁은 이 기회에 아주 부인이랑 별거를 해볼까 하는 생각도 해봤다. 우 탁은 쥐방울만한 개랑 소만한 부인 사이에서 잠시 고민을 했다. 우 탁이 이십 년 넘게 살아온 동거인을 바꾸는 문제를 고민해오지 않았던 것은 아니나 정작 개와 동거인 사이에서 고민을 하게 될 줄은 꿈에도 몰랐었다. 그러나 일단 개와 부인 사이를 격리시키는 일이 먼저였다.

우 탁은 좌충우돌 아무에게나 껌처럼 달라붙는 개를 부랴부랴 떼어내서 종이 상자에 담아 문 밖으로 내보냈다.

"아무래도 집 안에서 키우기는 어렵겠지? 마당이 있으

니까 밖에서 키우면 될 거야."

우 탁은 부인부터 안심시키려고 했다.

"마당은 우리 집 아냐? 어디로 지나다니라고 마당에서 키워?"

우 탁의 부인도 쉽게 물러설 것 같지는 않았다.

"마당 입구 쪽에서 가장 먼 곳에 개집이나 하나 가져다 놓고 거기서 키우면 될 거야."

우 탁이 변명을 하듯 말했다.

"이 추위에 저 어린 걸 어떻게 밖에다 놓아? 사람이 양심도 없나?"

우 탁의 부인이 이번엔 개를 동정하듯 말했다.

"그럼 뭘 어쩌라고?"

"도로 가져가라고 하든가, 딴 집에 줘버려!"

우 탁의 부인이 울먹이듯이 말했다. 우 탁은 이러지도 저러지도 못할 처지였다. 손자들 키우기에 바쁜 누이가 아파트에서 못 키우겠다고 던져놓고 간 개를 다시 가져갈 리도 없었고, 주위의 딴 집에 줄 수도 없었다. 이미 동네 사람들한텐 개가 차고 넘쳤다. 고작해야 노인 한두 명이 사는 시골집마다 사람보다 개가 더 많았다. 자기들이 키우는 개도 오히려 좀 가져가라고 할 판이었다. 아무리 진돗개라지만 아직 개를 식용으로나 쓰는 촌 동네에서 그런 말에 귀 기울일 사람은 없을 듯했다.

"이왕 이렇게 된 거 우리가 그냥 키워보자. 보니까 암 컷이던데 늦둥이 딸이 하나 생겼다고 생각하고 키워보지 뭐?"

우 탁이 대수롭지 않게 말했다. 우 탁의 말을 알아들었는지 문 밖으로 쫓겨난 개가 문을 열어달라고 낑낑거리며 긁고 있었다. 잠시 문 밖에서 안으로 들어오려는 개와 우 탁의 부인 사이에 긴장감이 흘렀다. 우 탁은 어느 쪽 편도 들 수 없었다. 어차피 결정은 우 탁의 부인 몫이었다.

"나한테 일단 접근하지 못하게 하고, 빨리 대책을 세워. 안 그러면 내가 집을 나갈 거야."

우 탁의 부인이 재빨리 말을 마치고 개를 피해 안방으로 사라졌다. 우 탁은 개랑 사는 문제를 순간적으로 고민하지 않은 것은 아니나, 아직 개만 믿고 살 때는 아니라고 판단했다.

그렇게 해서 억지로 키우게 된 개였다. 다행히 우 탁의 부인은 마음이 여려서인지 개는 무서워하면서도 이튿날부터 개집이나 개 줄을 사는 데도 우 탁과 동행을 하고, 개 사료도 직접 고를 만큼 우호적이었다. 개가 가까이 다가가면 삼십육계 줄행랑을 치면서도 가끔씩 먹을 것을 던져 주기도 하는 등 나름대로 친밀감을 표시하기도 했다. 개한테 밤톨이란 이름을 지어준 것도 우

탁의 부인이었다. 밤 색깔의 털에 크기도 밤톨만하다고
해서 붙여준 이름이었다. 하지만 밤톨이는 하루가 다르
게 커가서 금세 밤톨이 아니라 밤나무 묘목만 해지더니
다시 또 염소만 해졌다. 겨울이 지나기 무섭게 밤톨이가
문 밖으로 쫓겨난 것은 말할 나위도 없다.

"아빠! 나 똥마렵다고. 그냥 여기다가 똥 싸도 돼?"

밤톨이가 다급하게 다시 말했다. 우 탁은 망연자실 그
런 개를 쳐다봤다.

"그동안 똥은 어떻게 한 건데?"

정신을 차리고 우 탁이 개에게 물었다.

"저 옆에다 싸면 할머니가 치워줬지. 그런데 이젠 할
머니도 힘들어하시고, 내 체면도 말이 아냐. 나도 이젠
내 주변을 깨끗이 하고 싶다고. 그러니까 저녁마다 산책
할 때 나를 데려가줘. 저기 산이나 논두렁에 똥을 싸면
집도 깨끗해지고 밖엔 거름도 되고 좋잖아?"

밤톨이의 말이 틀린 말은 아니라고 생각한 우 탁은 그
날 이후로 저녁 산책길에 개를 동행하기 시작했다. 그날
부터 밤톨이의 말뿐만 아니라 동네 개들의 말들이 우
탁의 귀에 전부 들어오기 시작한 것은 말할 필요가 없
었다.

여름이 시작되면서부터 우 탁은 밤톨이로 인해 깊은

고민에 빠지기 시작했다. 밤톨이가 생리를 하기 시작했기 때문이었다. 딸 키우는 부모의 마음이 어떨지 우 탁은 새삼 깨닫고 있었다. 밤톨이가 암내를 풍기기 시작하자 평소에는 보이지 않던 수캐들이 사방에서 몰려들기 시작했다. 묶여있던 동네 개들 중에서 끈을 끊고 달려오는 수캐도 있었고, 동네 밖 어딘가에서 바람 따라 구름 따라 떠돌아다니던 수캐들도 있었다. 개들의 호르몬은 인간이 만든 위치 추적기나 무선통신보다도 더 빨리 암내 난 암캐의 정보를 실어 나르고 있는 듯했다.

바빠진 것은 삼동의 수캐들만이 아니었다. 여기저기서 나타난 수캐들이 바쁘게 자신의 영역 표시를 하는 것인지, 암캐의 소유권 주장을 하는 것인지 마당 여기저기에 오줌과 똥을 내지르기 시작하자 먼저 열 받은 것은 우 탁과 그의 노부모였다.

낮에는 주로 우 탁의 노부모가 교대로 몽둥이를 들고 마당을 지켰고, 저녁과 밤이 되면 우 탁이 겸사겸사 마당에 술판을 벌려놓고 수캐들의 접근을 막았다.

우 탁은 나무 종류별로 몽둥이를 마련해놓았다. 자작나무 몽둥이, 소나무, 참나무 그리고 밤톨이에게 어울릴 밤나무 몽둥이까지 마련해놓고 단단히 벼르고 있었다. 그렇게 나무 종류별로 몽둥이를 곳곳에 세워두고 수캐를 기다리고 있자 우 탁은 자신이 전생에 포졸이 아니었을까 하는 착각마저 들었다.

"거봐. 왜 사서 고생이야. 진즉에 밤톨이를 데려가서 불임수술 좀 시키라니까. 한 마리 키우기도 어려운데 새끼 나면 그거 다 어쩔 거야?"

수캐로부터 밤톨이를 지키기 위해 온 식구들이 한시도 마당에서 눈을 떼지 못하고 좌불안석이자 우 탁의 부인이 지나가며 한 마디 던졌다.

"아무리 동물이지만 어떻게 그러냐? 불임수술을 시킨 개들이 유방암이나 자궁암으로 일찍 죽는다는 신문 보도도 보지 않았어?"

우 탁이 언젠가 봤던 신문 보도 내용을 떠올리며 말했다.

"그러다가 밤톨이가 임신이라도 하면 그땐 어쩔 건데? 그건 감당할 수 있어?"

우 탁은 때가 되면 개가 개새끼 낳는 건 당연한 거지 뭘 어쩌지 싶었지만 워낙 개를 무서워하는 부인의 성정을 모르는 바도 아니어서 나오는 말을 안으로 삼켰다. 어차피 우 탁은 아내와 밤톨이 사이에서 이러지도 저러지도 못할 처지였으나 자신을 깔보듯 함부로 넘나들며 밤톨이를 희롱하고 있는 수캐들도 그냥 놓고 볼 순 없었다.

우 탁의 노부모가 며칠 만에 지쳐서 나가떨어지자 그

는 밤톨이 개집 옆에 탁자와 파라솔을 갖다놓고 낮과 밤으로 지키지 않을 수 없었는데, 밤에는 잠을 자다가도 밖에서 개소리만 나면 뛰쳐나와 상황을 살폈다. 그때마다 영락없이 수캐들이 밤톨이 주변을 서성이거나 올라탈 기회를 노리고 있는 듯했다. 하룻밤에도 수차례씩 그렇게 드나들다 보니 개들에겐 그게 일상사였겠지만 우탁이 먼저 제풀에 지쳐나가 떨어질 판이었다. 우 탁은 할 수 없이 마당에 텐트를 쳤다. 밥도 날라다 개집 옆에서 먹고 잠도 개랑 함께 마당에서 자는 형국이었다.

"아빠! 이젠 정말 우리가 한 식구가 된 거 같아요. 난 그동안 괜히 서운한 마음에 자꾸 집 안으로 들어갈 생각만 했잖아요. 아빠가 이렇게 밖으로 나오는 방법도 있었는데 말이야. 마당은 역시 평등한 공간이에요, 그죠?! 그래서 없는 사람들이 자꾸 광장으로 나가려고 하나 봐요. 크킁!"

이른 아침 텐트의 방충망을 열고 밖으로 나오는 우 탁을 보고 아침 인사 겸 밤톨이가 말했다.

"별소릴 다 하는구나. 그런 말 함부로 하다간 너도 개좌파 소릴 듣는다! 이 마을에서 개좌파 소릴 듣는 순간 이 여름을 무사히 나기가 어려울 거다. 너도 이미 알지? 이 마을에선 여름이면 복날마다 개를 잡는다는 걸. 적어도 세 마리는 또 올 가을을 보지 못한다는 소리지. 괜히 블랙리스트 명단에 이름이 오를 필요는 없지 않겠냐? 입 조심 하자."

우 탁이 밤톨이를 향해 눈을 흘기며 말했다.

"아빠, 근데 그게 무슨 소리야? 개좌파랑 개잡놈이랑 같은 말이야?"

밤톨이가 제법 심각한 어조로 묻자 우 탁도 멈칫하지 않을 수 없었다.

"개잡놈이란 말은 또 어디서 들은 게냐?"

우 탁이 머리를 긁적이며 물었다.

"지난겨울 내내 아빠가 텔레비전 앞에서 내지른 말이 '저 개잡놈들'이란 말이잖아? 벌써 잊어버렸어?"

그러고 보니 우 탁은 지난겨울 내내 밤톨이와 텔레비전 앞에서 대통령의 탄핵과정과 그 주변 인물들의 말도 안 되는 과거 행적이 하나 둘 폭로되는 걸 지켜보았었다.

"그랬었나? 쓰레기 같은 인간들 때문에 쓸데없이 네 귀까지 버려놨구나."

" 그래서 두 말이 같은 말이냐고?"

밤톨이가 다시 물었다.

"그건 아니다. 개잡놈이란 말은 윤리적 차원의 말이고, 개좌파란 말은 정치적이거나 이념적 차원의 말이니까. 하지만 쓰는 사람이나 상황에 따라서 같은 사람을 지칭

할 수는 있겠구나. 흔한 경우는 아니겠지만."

"그럼 개좌파란 말은 좋은 말이야?"

밤톨이가 호기심어린 얼굴로 물었다.

"그 말도 상황에 따라서 가치 판단이 달라질 수 있는 말이다. 하지만 지금 그런 게 중요한 게 아니라 일단 네가 이 마을에서 올 여름을 무사히 살아남느냐가 더 중요한 일 아니겠냐? 의견이란 말도 있긴 있지만 네가 개좌파 소릴 듣다가 솥 안에서 삶아진다고 너보고 누가 의견이란 소릴 할 것 같지는 않구나."

우 탁이 겁을 먹은 듯 몸을 움츠리며 말했지만 오래전에 전북 오수의 의견 마을에서 먹은 보신탕 맛이 떠올라 입 안 가득 침이 고이는 건 그도 어쩔 수 없었다.

"아빠도 기회가 되면 날 잡아먹을려구?"

이번엔 밤톨이가 몸을 펄쩍 뛰며 말했다.

"그게 무슨 개소리냐? 내가 어떻게 키우던 널 잡아먹어! 난 그 정도로 개고기에 환장한 사람이 아니다."

우 탁이 항변을 하듯이 말했다.

"요즘 세상에 사람들 말을 어떻게 믿어요? 자기 딸 잡아먹는 애비가 어디 한둘이야?"

밤톨이가 제법 세상 물정에 밝은 소리를 하자 우 탁은 할 말이 없었다.

"말을 너무 함부로 하는구나. 넌 이 마을의 금수저잖

니? 개집도 제일 폼 나고 먹는 것도 제일 낫잖아? 저 앞집 개를 봐라. 그 집은 주인도 굶고 개도 굶더라. 개 집은커녕 가마니때기 하나 까라주지 않아서 겨울에도 맨바닥에서 자고 있었잖아? 그리고 그 옆 이장집은 개를 오로지 식용으로 대여섯 마리씩 키우고 있는데 군대에서 나오는 짬밥을 얻어다 먹인다더라. 그거 돼지나 먹는 꿀꿀이 죽이다. 개집은 또 어떻고? 집이란 게 무슨 철창 감옥 같더라. 이 마을에서 너만큼 품위 있는 집에서 품위 있는 식사를 하고 있는 개가 어디 있다고 그렇게 반사회석이고, 우리 사이의 유대감을 해치는 험한 말을 늘 입에 달고 사냐? 내가 좀 섭섭해지려고 한다."

"개 팔자 다 주인 따라 가는 거라면서요? 쟤네들이 굶든 뭘 먹든지 하는 건 다 쟤네들 주인의 팔자를 따라가는 거고, 내가 뭘 먹고 무슨 말을 하는지는 아빠 따라가는 거 아닌가요? 그리고 나보고 자꾸 개소리 한다고 하지 마세요. 사람이 개소릴 하지 정작 개들은 개소리 안 해요."

밤톨이가 이번엔 아주 따지듯이 말했다. 우 탁은 딱히 할 말이 없었다. 그리고 보니 실직 후에 혼잣말처럼 늘 욕을 입에 달고 살아온 건 우 탁 자신이었다. 개소릴 해도 자신이 더 많이 했을 거라고 그는 생각했다. 밤톨이가 사람 말을 배웠다면 그런 우 탁에게서 배웠을 건 당연지사였다.

"몇 년 전에 대통령을 따라서 청와대로 들어간 진돗개가 있었잖니? 새롬이랑 희망이였던가? 걔네들 소식 좀 알고 있냐? 너도 진돗개잖아? 걔네랑 친족 아니었던가? 75%!"

우 탁은 딱히 할 말이 없자 말머릴 돌렸다.

"개 팔자가 주인 팔자라고 딱 그 턱이죠. 대통령이 쫓겨나기 전엔 정말 걔네들 잘나갔죠. 신문 방송에도 오르내리고, 청와대 식구들의 사랑을 듬뿍 받으며 온갖 호사를 다 누렸잖아요. 나같이 촌으로 팔려온 개들은 상상도 못할 만큼 부러운 일이었죠. 하지만 대통령이 쫓겨나고 난 이후엔 걔네들도 개털이 됐죠. 별 수 없는 일 아닌가요?"

밤톨이가 한숨을 내쉬며 말했다.

"그런 꼴 보기 싫었으면 상황 좀 보다가 진즉에 뛰쳐나오든가, 죽지 않고 걔네들은 뭘 했다니? 대통령이 쫓겨나기 전에 죽었으면 국상정도는 아니어도 청와대장으로라도 장례를 지내줬을 텐데. 원래 정승집 개가 죽으면 문상을 가도 정작 정승이 죽으면 모른 척 하는 게 사람 인심이라지 않냐? 진돗개라더니 완도갠가 보다. 그나저나 개들 새끼는 낳지 않았었냐?"

우 탁이 물었다.

"완도개요?"

"그냥 하는 소리다. 새끼는 낳지 않았었냐고?"

"웬걸요. 두 번씩이나 낳았었지요. 한 번은 다섯 마리를 낳았고, 두 번째는 일곱 마리를 낳았어요. 첫 번째 개들의 이름은 언론에도 공개했었는데, 평화, 통일, 금강, 한라, 백두라고."

밤톨이가 제법 야사를 읊조리듯 말했다.

"그랬었구나. 비아그라는 걔들이 먹었을까? 근데 새끼들 이름은 그렇게 지어놓고 그 대통령은 왜 구태의연하고 절망적인 짓에다가 반통일적인 짓거리만 하다가 그 꼴이 됐을까?"

우 탁은 씁쓸했다.

"말과 행동이 다른 거야 사람들의 일상인데 그걸 왜 제게 물으세요? 아빠가 더 잘 알잖아요? 난 사람들이 은유니 반어니 역설이니 하면서 말하는 걸 보면 우스워요. 어차피 인간의 말은 그 행동과 의미와는 다른 거 아닌가요? 인간의 말 자체가 은유고 반어고 역설인데 굳이 그런 어려운 말을 해가면서 떠드냐구요? 모두 다 시인 같아요."

"그래, 네게 묻는 내가 바보구나. 근데 너 지금 나를 디스하는 거냐? 그건 그렇고, 걔네들 아직도 청와대에 있긴 있는 거냐?"

우 탁은 더 이상 할 말이 없었다.

"새롬이와 희망이 사이에서 태어난 태극이와 리오 한 쌍만 남기고 나머지는 다 밖으로 내보냈다고 하더라구요. 두 마리는 감옥에 있는 대통령이 혹시 제정신이 돌아오면 옛날 생각하고 개를 찾을까봐 남겨뒀다고 하데요. 새로 들어온 청와대 주인은 따로 데려온 반려동물들이 있으니까, 그 개들은 경호실 쪽에서 맡아두고 있나봐요."

밤톨이는 집안일처럼 그쪽 사정을 소상히 알고 있는 듯했다. 우 탁은 더 이상 저간의 사정을 묻고 싶지 않았다.

"근데 마지막으로 한 가지만 더 묻자. 아까 개네들이 처음엔 다섯 마리, 두 번째는 일곱 마리를 낳다고 했잖니? 혹시나 해서 물어보는 건데, 개들도 산하제한이나 가족계획 같은 거 하는 거냐?"

우 탁은 우려의 눈길로 밤톨이를 쳐다보며 다시 물었다.

"왜 그러는데요?"

"내가 어릴 땐 그런 게 있었거든. 지난번에 쫓겨난 대통령의 아버지가 대통령이었던 시절에 말이다. '덮어놓고 낳다보면 거짓꼴 못 면한다'라든가 '아들 딸 구별 말고 둘만 낳아 잘 기르자' 같은 식의 표어가 전국의 안방마다 걸려 있기도 했지."

우 탁이 밤톨이의 눈치를 살피며 말했다.

"아빠! 개들 일이 계획대로 되는 일 있겠어요? 우릴 너무 사람 취급하지 마세요."

밤톨이가 하소연하듯 말했다.

"그렇긴 하다만, 며칠 전에 저 앞 강 씨네 개도 새끼를 일곱 마리나 낳고, 저 옆 심 씨네 개도 또 약속이나 한 듯이 일곱 마리를 낳았거든. 양쪽 다 애비는 요즘 너한테 찝쩍거리는 그 떠돌이 수캐 놈이라고 하더라. 뭐 느끼는 거 없냐?"

우 탁이 은근히 밤톨이에게 압력을 넣으며 말했다. 그런 말이나 하고 있는 우 탁의 기분도 그리 좋은 거 같지는 않았다. 몇 사람 살지도 않는 마을에 노인들은 환절기 때마다 하나 둘 죽어나가고 개만 늘어나고 있는 현실이 우 탁의 기분을 더욱 더 우울하게 만들고 있었다. 엊그제만 해도 마을 입구에 혼자 살던 우 씨가 죽었다. 다행인 것은 그가 키우던 개가 며칠 전에 죽은 거였다. 개가 먼저 늙어 죽고 우 씨가 곧이어 따라 죽은 형국이었다. 그렇다고 우 씨를 의인이라거나 열부라곤 할 수는 없는 일이었다. 어디까지가 사람의 일이고, 개의 일인지 우 탁도 점차 헷갈렸지만 마을에 사람보다 개가 더 많아지고 있는 현실이 어쨌든 반가울 리만은 없었다.

더군다나 동네 개들만 해도 처치 곤란인데 딴 마을 개들까지 들락거리며 동네를 개판으로 만들고 있는 현실이 우 탁은 좋을 리가 없었다.

"나 보고 뭘 어쩌라고요? 매여 있는 몸이!"

밤톨이가 푸념하며 말했다.

"말이 그렇다는 말이다. 우리나라만 해도 반려동물을 키우는 사람이 천만 명인 시대라는데 이젠 개권도 무시 못 할 상황이긴 하다만 서로 예의란 게 필요한 거 아니겠냐. 너무 대놓고 개새끼들을 내지르고 있으니 말이다. 그것도 한꺼번에 일곱 마리씩이나. 염치와 절제란 것도 필요한 거다. 동네 사람들이 여름 내내 필요한 건 고작 개 서너 마리에 불과하잖니."

우 탁이 눈을 밤톨이 반대쪽으로 돌리며 말했다.

"그것도 나보고 할 소리는 아닌 것 같네요. 지금 말씀하신 게 인간들이 만든 경제학인지 윤리학인지 모르겠지만요."

한동안 밤톨이가 우 탁의 뒤통수에 대고 뭐라고 짖다가, 말하다 했다. 우 탁은 못 들은 척 다시 텐트 안으로 들어갔다.

드디어 밤톨이에게 일이 터진 것은 그날 저녁이었다. 우 탁이 잠시 저녁거리를 가지러 집 안으로 들어간 사이였다. 밤톨이의 비명 소리에 우 탁은 비호처럼 달려 나갔으나 상황은 이미 벌어진 다음인 듯 했다. 밤톨이의 엉덩이에 올라탔던 떠돌이 수캐가 이미 볼 일을 다 마친 것인지, 아니면 밤톨이 엉덩이에서 미끄러진 것인지 두 녀석의 엉덩이가 마주 붙은 채 이리저리 움직이는 대로 밤톨이가 비명을 지르고 있는 형국이었다. 그 광경을 목격한 우 탁의 눈에 순간적으로 불꽃이 튀었다. 우 탁은 자신의 딸이 강간이라도 당한 듯이 순간적으로 분노가 솟구쳤다. 곳곳에 숨겨놓았던 몽둥이 중에서 손에 잡히는 대로 그러쥔 우 탁은 미처 떨어지지 못하고 있는 녀석들 앞으로 달려 나갔다. 밤톨이는 계속 비명을 지르고 떠돌이 수캐는 자신의 성기를 빼려고 자꾸 빙빙 돌았다. 타점을 조준하기가 쉽지는 않았지만 우 탁은 정신을 집중하여 있는 힘껏 떠돌이 수캐의 머리통을 향해 몽둥이를 내려쳤다. 하지만 수캐가 옆으로 움직였다. 우 탁이 내리친 몽둥이는 녀석의 목덜미 근처를 비껴 맞는 듯 하면서 중동이가 부러져나갔다. 그때 순간적으로 수캐의 성기가 오그라든 것인지 붙어있던 엉덩이에서 떨어졌다. 수캐는 외마디 비명을 지르며 삼십육계 줄행랑을 쳤다.

"어이구머니나 개좆 됐네, 나 살려 줘!"

자신이 휘두른 몽둥이의 통쾌한 타격감을 기대했던 우

탁은 몽둥이가 부러지면서 뭔가 김이 빠져버린 듯한 자신의 타격에 기분이 몹시 상했다. 뭔가 일방적으로 당하고 나서 되갚아 주지 못한 찝찝함이 가시지 않는 듯했다. 우 탁은 자신이 휘두르다 부러진 몽둥이를 쳐들어 살펴봤다. 잘 마른 자작나무였다.

"자작나무론 안 되겠군."

우 탁은 손에 남아 있던 자작나무 몽둥이를 수캐가 달아난 쪽으로 내던지며 말했다. 밤톨이는 수캐의 거시기가 들어갔다 나간 곳이 불에 대인 듯 화끈거리는지 펄펄 뛰며 자신의 입으로 핥으려고 빙빙 돌았다. 그러면서 밤톨이는 비명인지 신음인지 모를 소리를 한동안 내질렀다. 그런 모습을 보고 있자니 우 탁은 더욱 더 화가 머리끝까지 뻗쳐올랐다.

"이제 꼼짝없이 저 놈의 개새끼를 낳아서 키워야 하는 거냐? 그것도 일곱 마리 씩이나!"

한바탕 흥분이 가라앉고 나자 우 탁은 새로 골라서 손에 쥔 단단한 참나무 몽둥이로 땅을 두드리며 말했다.

"아빠, 걔도 불쌍한 애에요."

밤톨이도 어느 정도 진정이 됐는지 정신을 차리고 한마디 했다.

"그새 한 번 했다고 그 놈 역성을 드는 거냐?"

우 탁이 불쾌감을 감추지 않고 말했다.

"그게 아니라, 옆 마을 사람들한테 잡아먹힐 뻔 하다 겨우 달아났다고요. 그렇게 떠돌아다니는 일이 쉬운 일인 줄 아세요?"

밤톨이가 좀 더 친근감 있게 말했다.

"누가 제 놈 보고 집에서 도망쳐 나오라고 했냐? 원래 집이 어디인지는 모르겠다만 집 떠나면 사람이나 개나 다 고생이란 거 몰라서 그러냐?"

우 탁이 수캐 편을 드는 밤톨이 말을 듣자 열불이 나서 다시 한마디 했다.

"집에서 도망쳐 나온 건지, 키우던 사람이 버린 건지 어떻게 알아요?"

"보면 모르냐? 그런 개들은 시골에서 식용으로나 키우는 개다. 키우다가 버릴 이유가 없다는 얘기지. 주제넘게 뛰쳐나와서 이 마을 저 마을 돌아다니며 발정 난 암캐나 후리고 다니는 그런 개다. 이 마을 개새끼들만 해도 다 그 놈 씨가 될 판이잖니? 어디서 족보에도 없는 게 굴러 와서! 넌 그래도 진돗개라며? 75%! 체통을 좀 지켜야지, 75%정도는! 아무 놈하고 붙으면 어떻게?"

우 탁이 분이 가시지 않는 듯 밤톨이를 노려보며 나무라듯 말했다.

"아빠 시인이라면서 무슨 말을 그렇게 해요? 신분제가 폐지된 지 언제인데 아직도 그런 소릴 하고 있어요? 더군다나 사람 족보도 아닌 개 족보를 들먹이면서요! 걔가 어쩌면 우리 세계의 시이저인지 어떻게 알겠어요. 생긴 건 그렇게 생겼어도 나름 잘났으니까 그렇게 자유롭게 돌아다니며 살죠. 전 개가 부럽기만 한 걸요."

밤톨이가 떠돌이 수캐가 사라진 쪽을 바라보며 말했다. 우 탁은 더 이상 그런 밤톨이의 말과 행동을 눈꼴이 셔서 봐줄 수 없다는 듯이 고개를 돌렸다.

"그래. 내가 그 놈이 부러워서 그런다! 부러워서! 밥줄만 놓으면 되는 일인데–."

우 탁은 앞에 있던 탁자를 집어 차며 말했다.

"그러면서 왜 그래요? 내가 하고 싶은 걸 남도 할 수 있게 하는 게 윤리의 기본 아닌가요? 내로남불이 아니라!"

밤톨이가 한 마디 더 했다.

"너 우리 집에 오기 전에 서당 밥 좀 먹었냐? 알았으니 이제부턴 니 알아서 해라."

우 탁은 마당에 쳐놓았던 텐트와 탁자를 치우기 시작했다. 어차피 일은 이미 벌어졌고, 이젠 구태여 온 식구들이 밤낮으로 수캐의 접근을 막기 위해 밤톨이를 지키고 있어야할 이유가 없어졌기 때문이었다.

"왜? 들어가려고? 나랑 좀 더 있어주면 안 돼요? 아빠가 마당에 같이 있으니까 심심하지 않고 좋던데요. 정말

한 식구 같았었는데."

밤톨이가 아쉬운 표정을 지으며 말했다.

"너 지금 사람 놀리냐? 이젠 서로 갈 길로 가는 수밖에 없다. 니 꼴리는 대로 살아. 너도 새끼들 주렁주렁 낳아서 키워봐라. 그럼 내 마음을 조금은 이해할 거다. 그나저나 니 남친 보고 우리 마당에 똥 좀 싸지르지 말라고 해라. 내 눈에 띄면 죽는다. 석궁이라도 사야하나?"

우 탁이 마지막으로 의자를 집어 들며 말했다.

"아빠, 그러다가 우리 마을에도 석궁 사건 나는 거야? 개보다도 아빠가 더 걱정이네요."

밤톨이가 우 탁의 뒤통수에 대고 걱정스럽다는 듯이 말했다.

그런데 그날 문제는 거기에서 그치지 않았다. 이젠 밤톨이의 임신과 출산에 대한 걱정을 접고 될 대로 되라는 심정이었지만, 우 탁은 그날 저녁 밤톨이의 비명 소리를 듣고 습관적으로 다시 달려 나갔다. 마당으로 달려 나간 우 탁은 눈앞에 벌어진 광경에 잠시 할 말을 잃고 멈칫했다. 밤톨이의 엉덩이에 어디서 나타난 놈인지 이번엔 누런 황소만한 수캐가 달라붙어 있었기 때문이었다. 한나절 만에 또 벌어진 사건에 우 탁은 잠시 이성을 잃었다가 현관문 앞에 세워뒀던 참나무 몽둥이를 집어 들고 수캐를 향해 돌진했다. 그러나 이번엔 그 수캐가 한 발 더 빨랐다. 송아지만한 그 수캐는 재빨리 자신의 성기를 수습해서 도망갔다. 수캐의 성기는 한번 삽입하면 사정을 하기 전엔 빠지지 않는다는 게 통설이라면 녀석도 이미 볼 일을 다 본 셈이었다. 우 탁은 이래저래 허탈하지 않을 수 없었다. 딴 놈이 와서 확인사살까지 한 셈이었다.

"밤톨아, 정말 실망이다. 넌 아무한테나 주냐?"

우 탁이 힘 빠진 목소리로 푸념하듯 말했다.

"그것도 제 탓인가요? 묶여있는 나보고 뭘 어쩌라고. 나도 자유롭게 떠돌아다닐 수만 있다면 아무 놈한테 그렇게 당하고만 있지 않다구요. 날 묶어놓은 사람은 누군데 저보고 그런 말을 하세요?"

이번엔 밤톨이가 하소연 하듯이 말했다. 따지고 보면 우 탁도 할 말은 없었다. 밤톨이를 묶어놓고 자유 선택의 폭을 없앤 건 우 탁 자신이었기 때문이었다. 그렇다고 마을에서 개를 함부로 풀어놓을 수도 없었다. 풀어놓는 순간 마을 사람들의 민원이 들어가거나 교통사고의 위험에 노출되는 건 시간 문제였다.

"그게 어디 꼭 나만의 잘못이겠냐? 너희 족속들이 가축화되는 순간 감수할 수밖에 없는 일이었겠지. 길들인 인간들에게도 잘못은 있겠지만, 길들여진 너희들에게도 문제는 있는 거 아니냐? 편하게 받아먹는 밥이 웬수다."

우 탁이 제법 진지하게 고민하며 말했다.

"그래도 저희를 너무 나무라지 마세요. 인간에 대해 알게 되면 알게 될수록 개를 존경하게 된다는 말도 있잖아요. 그리고 인구도 자꾸 줄어서 문제라는데 저희들이라도 새끼를 많이 나야 하는 거 아닌가요?"

밤톨이가 변명하듯 말했다.

"너 자꾸 개소리 할래? 우리 마을도 마을이지만, 이미 이 땅에 개들은 차고 넘친다. 여의도나 시내에 나가봐. 텔레비전을 틀어보든가."

우 탁이 밤톨이의 말을 개무시하며 말했다.

"밤톨이에게 자유연애를 허하라!"

그때 마을 경계 밖으로 도망쳤던 수캐가 뒤돌아보고 우 탁을 향해 소리를 질렀다.

"저 개새끼가 뭔 개소리야!"

우 탁은 조금 전 밤톨이와 그 수캐의 행위가 화간이었는지 강간이었는지 개새끼들 사이의 일을 쉽게 판단할 수는 없었다. 분명한 것은 묶여 있는 밤톨이에겐 자기 말대로 상대적으로 자유의 선택 폭이 제한되어 있었다는 사실이었다. 그렇지만 개들이 언제 할 거 안 하고 할 놈과 안 했나 싶기도 했다. 그 방면에선 개들이 항상 인간보다 한발 앞서 있지 않았나 싶었다. 그나저나 머지않아 자신의 마당이 개판이 될 걸 생각하니 우 탁은 골치가 아파오기 시작했다. 생각을 빨리 딴 데로 돌리는 게 상책이었다.

'503도 지금쯤 개들이 그리울 거야!'

밤톨이가 새끼를 낳으면 그것들을 데리고 503 면회나 가야겠다고 우 탁은 저 홀로 초승달을 보며 생각했다.

"멍! 멍!"

"그나저나 개 따라 가면 결국 똥만 나오더만!"

- 2017/미발표

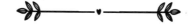

지구정화위원회*

안녕하십니까. 여러분들은 지금쯤 잠에서 깨어났을 것입니다.
서로들 인사를 나누셨죠? 반가운 얼굴들일 겁니다.
여러분들이 탑승하고 있는 이 우주선은 뉴 호라이즌 3호입니다.

* 이 소설은 2065년 비밀이 해제된 지구정화위원회 비밀문건 제
28485818호의 내용에 근거하여 재구성된 것임을 밝혀둔다. 이
비밀문건에 의하면 후세인은 전범재판에 회부되어 사형선고를
받고 2006년 12월 20일 처형되지 않았으며, 오사마 빈 라덴은
2011년 5월 파키스탄의 이슬라마바드 외곽의 한 가옥에서 미군
특수부대의 공격을 받아 사망한 것이 아니고, 김정일은 2011년
12월 17일 현지 지도 방문 도중 열차 안에서 과로로 인한 중증
급성 심근경색과 심장 쇼크로 사망한 것이 아니라 지구정화위원
회의 지구불량배 은하계 방출 공작에 의해서 태양계 밖으로 추
방된 것임을 알 수 있다. 정확한 사실 확인을 위해 치밀한 사료
검토가 필요한 대목이다.

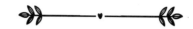

먼 저 잠에서 깬 것은 조지 워커 부시였다. 늙으면 새벽잠이 없어진다고 하지만 꼭 그런 탓만은 아니었다. 미합중국 대통령 시절부터 몸에 익은 습관 탓이었다. 새벽에 일어나서 지구가 무사한지 살피는 것은 늘 그의 몫이었다. 미합중국의 대통령이 바뀌었다지만 민주당 놈들은 늘 믿을 수가 없었다. 그의 전임자처럼 집무실에서 좆이나 빨고 있지 않은지 어떻게 장담한단 말인가? 조지는 늘 그것이 걱정이었다. 침실과 집무실을 구분할 줄 모르는 인간들에게 미합중국의 안전과 지구의 미래를 맡길 순 없다고 생각했다.

기본이 되어 있지 않은 인간들이라고 생각하며 조지는 옆에서 자고 있는 아내 로라 부시를 흔들어 깨웠다. 지난밤에 세계 각지에서 일어난 일들의 동향에 대하여 아내로부터 보고를 받을 시간이었다. 로라 부시는 번번이 함께 자고 나서 무슨 소리냐고 항변이었지만, 어쨌든 사서출신인 아내 로라로부터 아무거나 새벽 보고를 받지 않으면 뭔가 불안했다. 정리되어 있지 않은 책들처럼 뒤죽박죽 뭐가 뭔지, 있는 것도, 아는 것도 몰랐다.

'오늘 아침은 돼지고기예요. 광우병이 다시 발병해서 소고기는 당분간 못 먹겠어요.'라고 로라가 말하면, '아무튼 아랍 놈들이란, 소한테도 테러를 하다니!' 식의 대화였지만, 아무 이상이 없었다.

그런데 오늘은 이상했다. 아내의 목소리가 들리지 않았다. 대신 조지의 옆에서 깬 것은 고이즈미 준이치로였다.

"웬 놈이 아침부터 귀찮게 하는 거야? 빠가야로, 잠도 없나?"

준이치로가 신경질적으로 반응했다.

"이게 무슨 소리야? 어떤 인간이 내 아내 자리에 함부로 누워있어? 내가 뭐 클린턴인 줄 알아?"

조지가 자리에서 벌떡 일어나며 옆자리를 쳐다보았다. 조지는 다시 놀랐다. 아내가 있어야할 자리엔 인종이 다른 괴상한 인간이 있었기 때문이었다. 그가 지금 있는 곳도 자신의 집이 아니었다. 어떻게 된 영문인지 도대체가 모를 일이었다.

"뭐야 이거? 어떻게 된 일이야? 넌 누구냐?"

조지가 옆 사람을 다시 흔들어 깨우며 말했다.

"되게 귀찮게 하네, 난데스까? 김정일이가 미사일을 또 쏘기라도 한 거냐? 아님 남조선 놈들이 독도를 다시 침범하기라도 한 거냐? 그래도 그렇지, 지금 난 아무 것도 아니다. 아베나 아소한테나 가보기 바란다. 아냐, 걔들도 요즘 정신이 없을 거야. 하토야마한테나 가봐."

준이치로가 신경질적으로 반응하며 일어났다. 그리곤 조지처럼 눈앞에 펼쳐진 사실에 그도 놀랐다.

"좃도, 고레와 난데스까?"

준이치로도 상황이 이해가 될 리가 없었다. 조지와 준이치로는 한동안 상황이 이해가 가지 않자 혼잣말로 중얼거리며 이곳저곳을 둘러보기 시작했다.

그런데 이상한 것은 그들이 각자 자기 나라 말로 말하고 있었는데도 불구하고 태어나서 한 번도 배운 적이 없는 상대방 나라의 말을 서로 즉각 알아듣고 있다는 점이었다. 기술의 승리였다. 우주선엔 통역 장치가 장착되어 있어서 아무 데서 아무 말이나 해도 그 말이 상대방에겐 필요한 말로 번역되어 상대방의 귀에 전달되고 있었다. 하지만 그들은 그 사실조차 인식하지 못하고 있었다.

두 사람이 시끄럽게 얘기하는 바람에 누워 있던 다른 사람들도 각자의 자리에서 제 각각 눈을 떴다. 하지만 각자 상황이 이해가 되지 않긴 마찬가지였다. 그들이 깨어난 곳은 그들의 집이나 사무실이 아니라 우주선 안이었기 때문이었다. 그 사실을 그들은 미처 알 수가 없었다. 그들은 한동안 각자만 알아들을 수 있는 말들을 중얼거리더니 비로소 옆에 있는 사람들이 일단 누구란 사실을 눈치 채기 시작한 듯했다. 그리곤 다시 놀랐다.

"야이, 이 조지인진 좆인지, 종간나 새끼! 니가 지금 수작을 부린 거지? 이게 도대체 무슨 개수작이가? 내가 지금 여기 왜 있어? 여기가 어디가?"

김정일이가 조지에게 달려들며 말했다.

"저 미친 돼지 새낀 또 누구야…?"

조지의 말이 미처 다 끝나기도 전에 그는 김정일의 배치기에 뒤로 나가 떨어졌다.

"오 갓뗌, 퍽~유!"

"뭐? 이런 시방새! 내가 그 정도 욕도 모를 줄 아냐?"

김정일이 다시 조지를 향해 배치기를 할 자세였다. 그때 준이치로가 그를 가로막고 나섰다.

"그만해! 한방이노 먹었다 아이가? 넌 말끝마다 아직도 그렇게 폭력을 휘드르냐? 너 김정일이노 맞지? 김위원장!"

준이치로가 김 위원장의 가슴을 밀며 말했다.

"어! 넌 고이즈미 준이치로? 넌 또 여기 웬일이지비? 그러고 보니 너네들 아직도 몰려다니면서 이런 식으로 음모를 꾸미고 있구나? 어쭈구리, 저기 토니도 있네! 그러면 그렇지!"

김 위원장이 토니 블레어를 쳐다보며 말했다.

"야, 준이치로! 어린 토니야 그렇다 치고, 넌 나잇값도 못하고 너보다 어린애를 쫓아다니며 꼭 이런 식으로 살아야 하냐? 한심한 간나새끼!"

김 위원장이 준이치로를 향해 말했다.

"너 자꾸 반말인데, 도대체 나이가 얼마야?"

준이치로가 아니꼽다는 식으로 김 위원장에게 말했다.

"넌 아직 내 나이도 모르면서 그렇게 까불었읍메? 나랑 너랑 동갑이지비? 1942년생? 상대방 나이나 알고 대들기오. 동무들은 꼭 위아래도 없이 까불더라. 허긴 섬에서 뭘 배웠가서?"

김 위원장이 준이치로를 무시하는 투로 말했다. 섬 얘기에 토니가 움찔하는 모습이었다.

"내가 너 같은 애 나이까지 알아야 하냐? 나는 네 마누라가 몇 명인지 세다가 미처 거기까진 신경이노 쓰지 못했다. 존나 미안!"

준이치로가 빈정거리며 다시 말했다.

"남의 마누라가 몇 명인지 알아서 뭐 하게? 부럽냐? 짜식! 있는 부인도 간수하지 못한 주제에 남의 마누라 많은 건 알아 가지고. 그게 그렇게 부러우면 내가 한 명

빌려줄 수도 있다. 솔직히 얘기해봐, 혼자서 고민하지 말고. 뭐, 옆에 있어도 그림에 떡이겠지만."

김 위원장이 준이치로의 어깨를 짚으며 말했다.

"어쭈! 너 많이 컸다. 이 손이노 치우지 못 해!"

준이치로가 김 위원장을 꼬나보며 말했다.

"어이 준이치로, 잠깐 있어봐. 걔가 김정일이고, 쟤네들은 누구야?"

뒤로 쓰러졌던 조지가 일어나며 말했다.

"거봐. 저 짜식은 나이도 우리보다 어린 게 꼭 너한테 반말이지비."

김 위원장이 조지를 가리키며 준이치로에게 말했다.

"저건 후세인! 또 저건 내 친구 오사마 빈 라덴? 그럼 악의 축들?"

조지가 한바탕 놀라며 말했다. 순간 준이치로와 토니가 조지 옆으로 몰려들며 함께 놀라는 척 했다.

잠시 김 위원장이 주변을 둘러보는 듯 하더니 조지 쪽을 향해 말했다.

"그럼 너희들은 선의 축? 이라고 말할 줄 알았지? 놀고 있네! 무식한 건 어쩔 수가 없구나. 오사마가 네 친구고, 쟤가 네 친구인데, 쟤가 악의 축이면 네가 악의 축이지, 왜 내가 악의 축이냐?"

"형님이노 악의 축이라고 하면 그냥 악이노 축인 거다.

상황이노 파악하지 못하고 대드는 건 여전하구나, 빠가야로!"

준이치로가 끼어들었다.

"간나 새끼, 너는 좀 빠지라우. 너야말로 상황 파악이 안 되나 본데? 지금 네 형님하고 나하고 얘기하고 있지 않냐? 언제부터 네가 형님 노릇을 했어, 조지를 젖히고? 퇴직 후에 아주 야스쿠니 신사에서 산다더니, 감이 없어진 모양이지비?"

김 위원장이 준이치로를 무시하며 말했다.

"그래, 동생은 좀 빠져! 무식한 놈이 무슨 말은 못하겠어?"

조지가 준이치로의 팔을 자기 쪽으로 잡아끌며 말했다.

"무식한 놈? 누구보고 그런 막말을 함메? 공화국에선 나한테 그딴 소리하는 놈 하나도 없시오! 즉석에서 총살이디. 그것도 ZPU대공기관총으로. 그러고 보니 니가 뒤지고 싶어 환장을 한 모양이구나? 대학에 입학해서리 본 첫 번째 작문 시험에서 빵점을 맞은 게 누구지비? 술이나 처먹고 마약이나 하던 놈이 그래도 애비 덕에 대통령까지 해먹고 나니까 보이는 게 없는 모양이구나? 뭘 모르면 그냥 그 주둥이 좀 다물고 있으라우. 그렇지 않아도 헷갈리니까니."

김 위원장이 조지를 향해 다시 배치기를 할 기세더니

그냥 돌아서며 말했다.

"그나저나 동무들 명성은 멀리 떨어져 있었어도 잘 듣고 있어씀메다. 고생들 많았시요!"

김 위원장이 후세인과 오사마의 손을 차례로 잡으며 말했다. 조지도 준이치로와 토니와 머리를 맞대고 상황을 의논하는 듯했다. 그때까지 한 쪽 구석에서 깨어나지 않은 채 잠들어 있는 사람이 한 명 더 있었으나 아무도 그것에 대해서는 신경을 쓰지 않고 있었다.

"여기가 도대체 어디야? 비행기 안인가? 에어포스 원은 아닌데. 이거 미제 맞냐?"

조지가 준이치로를 보며 말했다.

"일제는 분명히 아니지만, 비행기 안인 것 같긴 하네."

준이치로가 자신 없게 말했다.

"이건 내가 좀 아는데, 이건 장거리 미사일이라고."

김 위원장이 끼어들었다.

"미사일에 사람이노 타는 거 봤냐? 아무튼 무식하긴! 전에 쐈던 대포동 미사일엔 사람이노 넣어서 쐈으모니까?"

준이치로가 한심하다는 듯이 김위원장을 보며 빈정거렸다.

"그래? 그럼 유식한 네가 한 번 말해보라우."

김 위원장이 준이치로를 향해 말했다.

"사람이노 탔으니까 인공위성이다."

준이치로가 이번엔 자신 있게 말했다.

"일본에선 인공위성에 사람을 태워서 쏘냐? 같은 섬나라지만 풍습이 꽤 다른 걸."

이번엔 조용히 있던 토니가 한 마디 하고 나섰다.

"아주 꼴값들을 하고 있어요. 지금 그런 게 문제야?"

그때까지 잠자코 있던 후세인이 끼어들었다.

"기분 나쁘지만, 후세인 말이 맞아. 지금 이 상황이 어떻게 된 건지, 여기가 어딘 지, 그런 걸 먼저 아는 게 중요해. 쟤네들의 음모가 아니라면 이게 도대체 누구 짓이야. 여긴 어디고?"

조지가 다소 불안한 얼굴로 말했다.

"말하는 꼴을 보니 너네들 짓도 아닌가 본데…? 도대체 밖이라도 보여야 말을 하지."

김 위원장이 말했다. 그들이 타고 있는 우주선은 밀폐된 깡통처럼 사방이 유선형으로 막혀 있었다. 조종석도 보이지 않았기 때문에 그들은 자신들이 갇혀있는 곳이 어떤 곳인지 짐작하기가 더욱 어려웠다. 사실 그 우주선에 조종실은 따로 없었다. 모든 것이 자동으로 우주선 자체에 장착된 컴퓨터에 입력된 정보에 따라서 앞으로 가고 있을 뿐이었다. 우주선의 앞쪽이라고 짐작되는 부분에 50인치 정도 크기의 스크린이 하나 달려있었으나 그것뿐이었다. 키보드도 아무런 조정 장치도 없이 그저 유리창처럼 보일 뿐이었다.

그들이 궁금증에 사로잡혀 있을 때 그 스크린에 처음으로 글자가 떴다.

안녕하십니까. 여러분들은 지금쯤 잠에서 깨어났을 것입니다. 서로들 인사를 나누셨죠? 반가운 얼굴들일 겁니다. 여러분들이 탑승하고 있는 이 우주선은 뉴 호라이즌 3호입니다. 한꺼번에 너무 많이 알려고 하지 마십시오. 이 우주여행에 전혀 도움이 되지 않습니다. 차차 조금씩 사정을 알게 될 겁니다. 필요한 시기에 우주선에 장착된 컴퓨터가 알아서 조금씩 정보를 제공할 것입니다. 이번 통신은 여기까지입니다.

스크린에 뜬 글자를 읽고 난 조지는 회심의 미소를 지으며 말했다.

"미제구먼! 안심이야."

"미제라면 안심해도 되죠."

"미제노 역시 최고모니다. 일제 다음으로."

토니와 준이치로가 한 마디씩 거들었다. 다른 한쪽에

모여있던 김 위원장과 후세인, 오사마의 얼굴이 일그러졌다.

"거봐. 너희들 음모지비? 이젠 일이 어떻게 된 건지 해명이나 좀 해보라우?"

김 위원장이 조지 쪽을 바라보며 말했다.

"보고도 모르니? 지금 우리가 타고 있는 것이 뉴 호라이즌 3호라고 하지 않았어? 유명한 우주선이잖아? 이건 정일이 네가 쏘아대던 그런 대포동 어쩌고 하는 거 하고는 질이 확 다른 거야. 날아가는 척 하다가 떨어지진 않는다고. 그러니까 일단 안심해도 돼. 미제라잖아."

"내 말은 왜 너희가 발사한 우주선에 나나 저 동무들이 함께 타게 됐느냐 말이야? 날래 말해보라우. 어디 단체 관광이라도 가는 거이가? 그리고 남조선 애들이 쏜 나루혼가 나홀로호인가도 별 볼일 없더만 왜 우리만 가지고 그래?"

조지의 말에 김 위원장이 화가 난 듯 다시 말했다.

"빠가야로, 눈치노 없긴. 우리 형님이노 그 정도 얘기했으면 감이노 잡아야지? 이상한 불량 깡통이나 쏘아대며 놀고 있던 너희들이노 초대해서 제대로 된 물건이노 보여주려고 한 거 아니겠냐? 어찌 보고도 애들이 느낌이란 것도 없고 생각이란 것도 없냐? 그리고 남조선이나 북조선이나 조센진들이 하는 짓이 모두 그렇지 뭐.

남조선 애들은 아주 까놓고 방송은 믿을 것이 못 된다
는 걸 그런 식으로 홍보하나? 생쑈를 하더라."

준이치로가 김 위원장의 말을 되받았다. 조지가 기특
하다는 듯이 준이치로를 바라보았다. 토니도 옆에서 고
개를 끄덕였다.

"좋아. 그건 그렇다 치고, 어디까지 가는데?"

이번엔 후세인이 맥 빠져 있는 김 위원장을 대신해서
나섰다.

"무식한 것들! 세상 돌아가는 것에 신경 좀 쓰고 살아
라. 뻑 하면 자폭테러다 벼랑끝 전술이다 뒈질 생각들이
나 하지 말고. 뉴 호라이즌호는 명왕성 탐사를 위해서
내 재임시절인 2006년 1월 20일 날 발사한 우주선이잖
니? 그러니까 이것도 명왕성으로 가는 거겠지. 뉴 호라
이즌 1호가 2015년 7월에 명왕성 근처에 도달할 예정이
었으니까, 얼마 안 있으면 도착하겠네."

조지가 자신 있는 어조로 말했다.

"그건 지평선 1혼가 수평선 1호인가라면서? 이건 3호
라고 했잖아? 넌 꼭 눈뜨고 보고도 딴 소리더라. 이번
에도 나 혼자만 봤으면 넌 또 네 맘대로 우길 거지? 지
난 2003년에 우리나라를 침공했을 때처럼."

후세인이 조지를 나무라는 듯 말했다. 그러자 이번엔
토니가 조지를 두둔하며 나섰다.

"1하고 3하곤 그게 그거지. 그 앞의 '뉴 호라이즌'은 똑같잖아. 겨우 하나나 둘밖에 차이가 나지 않는 숫자를 가지고 웬 난리야, 짜식! 쪼잔하긴! 조사해 보면 알 거 아냐?"

토니가 대범한 척 말했다. 옆에서 준이치로가 고개를 끄덕이고 있었다.

"아주 합작으로 꼴값들하고 있구나? 그래 조사해 봐라. 지난 2003년에 대량 살상 무기인지 뭔지가 있다며 우리나라를 박살내놓고서 너희들이 확인한 게 뭐였지? 빈 깡통 몇 개 놓고서 쇼를 하더니, 아직도 개 버릇 남 못 주고 꼴값들을 하고 있네, 이것들이! 누가 부시 푸들이 아니랄까봐 그러냐, 토니?"

후세인이 토니를 쏘아보며 말했다. 토니가 개꼬리를 슬쩍 내리듯이 부시 뒤로 숨었다.

"후 선생! 거 너무 성내지 말아요. 쟤네들 그런 거 우리가 하루 이틀 겪어봤나? 기본적인 숫자 관념도 없는 애들이잖아요. 자기들은 수백 기 수천 기의 핵무기를 가지고 있으면서 있는지 없는지도 확인이 안 된 우리들 핵무기를 가지고 매번 쇼를 하는 놈들이니까. 기본적으로 작문이 안 되는 인간들이니 그러려니 하겠지만, 그래도 너무 심하지? 자기들이 가지고 있는 핵무긴 평화용이고 우리가 가지고 있으면 살상용이고 하는 식이니, 아전인수도 유분수지. 종간나 새끼들! 넌 무조건 조지고 봐서 조지냐?"

김 위원장이 똥씹은 표정으로 조지 쪽을 바라보며 말했다.

"세상이 원래 그런 거야. 아흔 아홉 개 가진 부자가 하나 가진 가난한 자의 것을 뺏는다고 하잖아? 아무리 작은 거라도 남이 가진 걸 눈꼴셔서 못 봐주는 거라고. 안 그래, 친구? 자기 말을 잘 들으면 친구고 안 들으면 나쁜 놈이고, 그렇지 조지? 정치가 뭐 애들 장난도 아니고…."

오사마가 김 위원장 쪽에서 조지 쪽으로 얼굴을 돌리면서 말했다. 조지가 알쏭달쏭한 표정을 지으며 고개를 돌렸다.

"그나저나 지금 여기가 어디야? 바깥도 보이지 않고 답답해서 죽겠네."

조지가 다시 토니와 준이치로를 번갈아 쳐다보며 말했다. 그때 스크린에 다시 글자가 떴다.

지금 이 우주선은 목성 근처를 지나고 있습니다. 아직 갈 길이 한창이오니 너무 조급하게 생각하지 마십시오. 여러분이 이 우주선에 탑승하게 된 것은 지구정화위원회의 결정에 의한 것임을 알려드립니다. 간단한 다과가 준비되었사오니 천천히 드시면서 우주여행을 만끽하십시오. 여러분들이 모두 마음을 열면 바깥 풍경도 보이게 될 것입니다. 행운을 빕니다.

스크린의 글자가 사라지면서 바닥에서 테이블이 하나 올라왔다. 그 테이블 위에는 간단한 음료와 과자가 차려져 있었다.

"어, 이거 내가 좋아하는 프레첼이네."

조지가 과자를 집어 들며 말했다.

"이 과자가 그거냐? 이번엔 조심해서 먹어라. 빼앗아 먹지 않을 테니. 쪽팔리게 과자나 먹다가 목에 걸려서 졸도나 하고, 미식축구를 보다가 그랬다며?"

오사마가 프레첼을 하나 집어 들며 말하자 너도나도 그 과자를 하나씩 집어 들며 과자의 앞뒷면을 살폈다.

"쟤 밑에 있던 인간들이 쟬 닮아서 하나같이 띨띨했지. 오리 사냥을 한다면서 제 친구 머리통인지 엉덩인지를 날려버린 놈도 있었잖아? 딕 체닌가? 오리와 사람도 구분하지 못하는 것들이 세상을 제 마음대로 주물렀으니 세상에 제대로 될 일이 있나? 그런데 낙동강 오리알이란 말은 무슨 뜻이야?"

후세인이 과자에게 분풀이라도 하듯이 아작 소리를 내
며 씹어 물었다.

"그래도 졸도하면서 방바닥에 부딪히는 바람에 기도를
막고 있던 과자가 튀어나와서 살았지비? 동무 조심하기
요. 여긴 동무의 안방이 아니라 우주선이니까니. 우주선
바닥에 구멍 나는 날엔 우리 모두 제삿날이라우. 낙동강
오리알? 그런 건 몰라!"

김 위원장이 감정을 실어서 조지에게 한 마딜 더 던졌
다. 그래도 먹던 과자를 포기할 순 없는지 조지는 먹던
과자를 끝까지 다 먹어치우고 나서 정신이 든 듯이 그
때서야 주위 사람들을 둘러보기 시작했다.

"그런데 지구정화위원횐 뭐야? 내가 모르는 단체도 있
었나?"

조지가 의아스러운 표정으로 준이치로와 토니를 쳐다
보며 말했다. 하지만 그들도 뭐가 뭔지 모르겠다는 표정
을 짓고 있었다.

"지구정화위원회라면 지구를 깨끗이 한다는 의미가 아
닙니까? 그러니까 그린피스 같은 환경단체가 아닐까요?"

토니가 아는 척을 했다. 선수를 빼앗겨서 기분 나쁘다
는 듯이 준이치로의 얼굴이 일그러졌다. 조지가 그럴 듯
하다는 듯이 고개를 끄덕였다.

"그래. 하지만 지구정화위원회에서 왜 우리를 우주

선에 태운 건데? 지구를 정화하는 거랑 우리를 우주선에 태워서 어딘 가로 보내는 거랑은 무슨 관계가 있는 거지?"

조지가 궁금증을 참지 못하겠다는 듯이 말했다.

"동무들 같은 인간들이 지구에서 사라지면 지구가 깨끗해지잖아? 그건 말이 되는데, 왜 거기에 우리까지 포함이 됐냐는 거지비? 난 그게 더 이해가 가지 않음메."

김 위원장이 정말 이해가 되지 않는다는 듯이 말했다.

"정말이야. 쟤네들하고 우리같이 선량한 사람들을 한꺼번에 우주선에노 태웠다는 것이 정말 이상하네. 이건 지구정화랑은 차원이노 이빠이 다른 문제 같으모니다."

준이치로가 반론을 제시했다.

"그건 그래. 지구의 인재 유출이라면 모를까."

이번엔 준이치로의 말이 그럴듯한지 조지가 고이즈미를 쳐다보며 말했다.

"누가 인재야? 나 빼곤 그것도 말이 안 되지비."

김위원장이 말했다.

"그렇다면 이건 프리메이슨의 농간이 아닐까요? 쟤네들은 기본적으로 우주선 같은 걸 만들 기술이 없으니 의심할 수도 없고."

토니가 다시 말했다.

"그럴 수도 있지만, 왠지 지구정화위원회란 말에선 사

이비 종교노 냄새가 나네. 사이비 종교노 하면 또 조센진들이모니다. 언젠가도 JMS인지 뭔지 하는 사이비 종교 단체의 교주가 우리 일본이노 여대생들을 많이노 따먹었으모니다. 아주 기분이 엿같으모니다."

준이치로가 마치 자기 딸이 강간이라도 당한 듯한 얼굴을 하고 말했다.

"사이비 종교 하면 동무 나라도 만만치 않지비? 옴진리콘가 뭔가 하는 사건도 있었고, 신산가 뭔가 차려놓고 절하는 거나, 천황이랍시고 신격화하고 있는 거나 남들 보기엔 다 이상한 짓거리지비?"

김 위원장이 남 얘기하고 자빠져 있다는 표정으로 준이치로를 향해 말했다.

"쟤네들 동네는 만나면 꼭 저러더라. 아주 이성을 잃어요. 지금은 그런 게 문제가 아니거덩! 아직은 한국의 문선명이도 우주선은 쏘아 올리지 못 하거덩. 우주선이란 게 한두 푼 짜리가 아니거덩. 현실성이 좀 있는 얘기들 좀 하셔!"

토니가 두 사람에게 면박을 주며 말했다.

"듣다보니 짚이는 데가 있다. 너희들도 신문 좀 보고 살아라. 할 일 없다고 인터넷 게임이나 하지 말고. 동굴속에만 있던 나도 신문을 보고 사는데."

오사마가 끼어들었다.

"미국의 한 저명한 정치학자가 '세계를 망친 미국의 100가지'란 걸 발표했던 적이 있더라. 혹시 본 적이 있니? 봤을 턱이 있나. 거기에 보니까 맥도널드 햄버거, 도박도시 라스베이거스, 냉전, 베트남 전쟁, 2001년 아프가니스탄 공격, 2003년 이라크 공격, 뉴욕타임지, 워싱턴포스트지와 함께 부시 너도 포함되어 있더라. 조시 W 부시가 너 맞지? 니 애빈가? 소감이 어때? 친구!"

오사마가 조지에게 물었다.

"잘 암시롱. 미합중국의 대통령이었던 나를 뭘로 보고 넌 그런 소리를 하는 거야? 미국의 대통령은 항상 세계를 움직이는 100대, 아니 10대 인물에 들어가지. 대통령을 두 번씩이나 했는데 세계도 아니고 미국의 100가지를 뽑는데 내가 들어가지 않았다면 그게 더 이상한 거지?"

조지가 자랑스럽게 말했다.

"아무 데나 꼭 낀다고 좋은 건 아니지비? 주제 파악을 못하는 건 여전하구먼. 작문 좀 신경 써라. 그래서 어렸을 때부터 좋은 책을 잘 읽어야 해."

김 위원장이 조지를 보며 말했다.

"사돈 남 말하고 있네. 너는 얼마나 좋은 책을 많이 읽었기에 그래? 어린 시절 니 애비와 남의 나라에서 이리저리 쫓겨 다니던 주제에 조기교육을 잘 받을 형편이 아니었을 텐데?"

조지가 신경질적으로 반응했다.

"무슨 소리야? 공화국은 언제나 나를 중심으로 돌아가고 있었지비. 나라가 없던 시절에도 그건 마찬가지야. 지금도 세상은 나를 중심으로 돌아가지 않음메. 나의 일거수일투족에 세상 사람들이 신경을 쓰지 않소? 당신도 내 행동 하나하나에 무척 신경을 썼지비? 왜 인정하기 싫어? 그게 다 내가 세상의 중심이란 소리가 아닌가?"

김 위원장의 강변에 조지는 순간 입을 다물었다.

"조지가 관련된 일은 모조리 세계를 망치는 미국의 100가지에 끼였지? 저 새끼 하는 일이 그럴 줄 알았어."

오랜만에 후세인이 말했다. 한동안 아무 대꾸가 없었다. 잠시 후 고이즈미가 다시 말을 꺼냈다.

"왜 내가 그 생각을 진즉에 못했을까? 정화위원회라면 일찍이 한국에 전두환이가 쿠데타로 집권을 한 후에 만든 적이 있었으모니다. 워낙 한국의 정치가 오랫동안 조폭들 나와바리 싸움 같아서 역대 집권자들이 정권을 장악하고 나면 폭력배 소탕이다 범죄와의 전쟁이다 해가면서 불량배들을 정화시킨다는 명분으로 진짜 불량배나 정적들을 마구 잡아들인 적이 이빠이 많아. 전두환의 그 '정화위원회'에 '지구'자가 더 들어가 있는 걸 보면 아마도 전두환과 독수리 오형제의 합작품이노 아닌가 싶으모니다. 전두환이가 물러나면서 많은 돈을 꼽쳐두었다고 하더니 아마도 그 돈으로 우주선을 만들거나 사서 한 짓이 아니겠으모니까? 납치하면 또 조센진들이 일가견이 있으모니다."

고이즈미 준이치로의 말에 한동안 아무도 대답을 하지 않았다. 논리의 비약이 너무 심한 탓도 있었지만, 전두환이 누군지, 독수리 오형제가 뭔지 알고 있는 사람이 없었기 때문이었다. 김 위원장은 준이치로의 말을 반 정도는 이해하고 있는 눈치였으나 아무 말이 없었다.

"아까 무슨 오형제라고 했지?"

토니가 준이치로에게 물었다.

"하이. 한때 지구를 지켰던 형제들이모니다. 한국이나 일본에선 꽤 알려진 조직이모니다."

"그렇다면 이건 프리메이슨의 장난이야! 오형제의 '오', 프리메이슨은 5라는 숫자를 중요시 하지. 그들은 오각형을 숭상해. 그래서 펜타곤이 오각형으로 되어 있는 거라고. 마이크로소프트사의 7번 건물도 오각형으로 되어있지. 빌게이츠가 프리메이슨의 33도라는 사실은 누구나 알고 있는 사실이잖아?"

토니가 갑자기 열을 내기 시작했다. 그러나 아무도 그의 말에 반응을 하지 않고 있었다. 무슨 귀신 씨나락 까먹는 소리냐는 반응이었다. 이윽고 후세인이 다시 입을 열었다.

"프리메이슨 얘긴 나도 좀 들은 바가 있어. 911테러, 이라크 전쟁, 세계화가 모두 걔네들의 음모라는 얘기 말이야. 그런데 이상한 건 부시나 토니, 너희들이 테러범을 잡아 조진다고 하면서 프리메이슨을 잡아 족친 게 아니라 오사마나 나를 잡아 족쳤다는 거야. 이 문제는 어떻게 설명할래? 프리메이슨이 영국에서 생긴 거라고 하니까 토니 네가 뭔가 아는 게 있을 게 아냐?"

후세인이 억울하다는 표정을 지으며 점잖게 말했다.

"후 동무! 거 물을 걸 물을 만한 놈들한테 물어야지비. 저 음흉한 놈들한테 뭘 묻는기요? 어쩌면 저 놈들이 뒤에서 다 저질러놓고 그 프리메이슨인가 뭔가 핑계를 대고 있는지도 모르는데 저놈들한테 그걸 물으면 쟤네들이 뭐라고 말해줄 것 같소? 아직 후 동무는 세상 뭘 모르는 것 같소? 그렇게 고생했으면 뭘 알 때도 됐는데. 나이가 아깝소."

김 위원장이 아이를 달래듯이 말했다. 후세인의 기분이 살짝 나빠지는 듯 했으나 김 위원장이 후세인의 어깨를 토닥이자 그의 엉킨 마음이 다시 풀어지는 듯했다.

"후 동무. 나도 다 프리메이슨에 대해서 들은 이야기가 있어서 하는 소리지비. 떠도는 소문에 의하면 프랑스 혁명, 공산주의 혁명, 미국의 건국이나 남북전쟁, 그리

고 당신이 말한 세계화나, 이라크 전쟁은 등 모든 세계
사가 프리메이슨의 조작이라는 거 아님메? 또 조지 워
싱턴을 비롯한 상당수의 역대 미국의 대통령, 괴테나 루
소, 마크 트웨인 같은 작가들, 모차르트나 베토벤 같은
음악가와 유명한 탐험가, 운동선수, 하다못해 카사노바
같은 바람둥이도 프리메이슨이 아닌 사람이 없고, 교황
청, 불교, 라마교도 프리메이슨과 관계가 있고, 디즈
니랜드, 마피아, 할리우드, 마이크로소프트사의 프로
그램 그리고 UFO는 프리메이슨의 비빌 병기라는 식이
아님메?"

김 위원장의 말에 후세인의 입이 벌어졌다.

"어떻게 김 위원장은 그런 걸 그렇게 소상히 알고 있
소? 오래 전부터 쇄국정책을 펴와서 바깥소식엔 깜깜하
다고 들었는데, 다 거짓말인 것 같네?"

후세인의 말에 김 위원장이 흥분한 듯 더욱 열을 올릴
태세였다.

"그게 다 미국 놈들 농간이지비. 설마 내가 저 조지보
다 무식하기야 하겠음메? 세상 다 거기서 거기 아니갔
어? 내래 남조선 아이들 하는 짓만 보고 있어도 세상을
다 알 수 있시요. 남조선에서 양신을 믿는 일부 광신도
들이 하는 소리랑 지금 프리메이슨 얘기랑 다를 게 없
시요. 에디슨인가 하는 유명한 발명가가 한 소리 있지

비? '천재는 1%의 영감과 99%의 노력으로 이루어진다'
인가? 그런데 프리메이슨을 사탄 조직으로 보는 인간들
은 원래 에디슨이 말한 뜻은 그게 아니라 '천재는 99%
의 노력보다 1% 영감이 중요하다'는 의미로 말했다고
하지비. 그 1%의 영감은 사탄에게서 받는 거라고. 결론
적으로 프리메이슨은 악마의 조직이라는 거지비. 프리메
이슨이 악마의 조직인지 아닌지는 내래 모르겠지만, 내
래 하나 알고 있는 건 있시요. 조지, 토니, 고이즈미 쟤
네들이 한때 악마의 트라이앵글, 악의 축이었다는 사실
이지비. 쟤네들이 오히려 우리 셋 보고 악의 축이라고
했지만서리."

　김 위원장의 말에 후세인과 오사마가 적극 동감하며
고개를 끄덕였다.

　"프리메이슨에 대해서 아직까지 확실하게 밝혀진 것은
세 가지가 있어. 첫째, 아주 오래 전부터 있었다. 둘째,
매우 부유하며 영향력이 있는 단체다. 셋째, 비밀이 많
다. 어때?"

　토니가 말했다.

　"하나마나한 소리군!"

　후세인이 빈정거렸다.

　"그런 싱거운 소린 집어치우고 프리메이슨과 너희들이
무관하다는 거나 밝히는 게 더 좋을 거야. 이게 프리메

이슨의 음모든 마피아나 야쿠자의 음모이든 너희들과 관련이 없다는 사실을 증명해 보라우. 지구정화위원회? 이 무슨 개수작이가?"

김 위원장이 부시와 토니, 고이즈미를 번갈아 바라보며 소리쳤다. 그때 스크린에 다시 글자가 뜨기 시작했다.

아시다시피 지구에선 사형제도가 폐지되었습니다. 따라서 지구위원회에서는 한 도시나 국가를 파괴하고 복귀하는 비용보다 우주선 값이 훨씬 저렴하다는 결론 하에 손님들을 부득이 우주선에 태워서 지구 밖으로 방출하기로 결정했습니다. 이점 양해하시고 원만한 여행이 되도록 협조해주시기 바랍니다. 이 우주선은 특별히 조준된 목표물을 가지고 있지 않습니다. 여러분의 목숨이 다하는 순간까지, 다른 물체에 충돌하기 전까지 여행은 계속될 것입니다. 그럼 행운을 빕니다. 지구정화위원회에서는 뭐든 한다면 합니다.

스크린의 글자를 제각각 확인한 사람들은 술렁이기 시작했다. 이해가 가지 않는 표정으로 서성이던 사람들은 서서히 사태를 파악했는지 서로의 얼굴을 바라보며 뭔가를 말하고 싶어 하는 눈치였으나 누구도 쉽게 입을 열지 못했다. 그래도 먼저 입을 연 것은 김위원장이었다.

"그런데 동무나 나는 왜 포함되어 있는 거지비? 저런 쓰레기들은 지구에서 치워버리는 것이 좋은 것 같긴 한데, 우리까지?"

김 위원장이 이해할 수 없다는 표정으로 오사마를 보며 말했다. 오사마도 자신이 있어야할 곳은 우주선 안이 아니라 미군의 폭격을 피할 수 있는 동굴 속이라는 듯이 떨떠름한 얼굴로 이젠 공동 운명체가 되어버린 사람들을 바라보았다.

"그럼 나 조지가 결국 이 우주선 안에서 죽게 된다는 소리야?"

그때까지 한동안 조용히 말을 아끼고 있던 부시의 얼굴이 일그러지고 있었다.

"그건 걱정하지 마! 내가 너희들을 복제해줄게. 나? 난 한국의 황박사야."

제일 늦게 깨어나서 한쪽 구석에서 쥐죽은 듯 찌그러져 있었기 때문에 아무도 주목하지 않고 있던 황박사가 자신의 전공 영역이라는 듯이 한마디 내뱉었다. 우주선 안에 있던 모든 사람들의 시선이 자신에게 모아지는 걸 확인한 황박사가 본격적으로 배아줄기세포에 관한 얘기를 꺼내놓으려 하자 모두들 그에게 던졌던 시선을 거두어 우주선 벽면을 쳐다보기 시작했다. 그러자 그때까지 닫혀있던 우주선의 벽면이 훤히 열리며 광막한 우주가 눈앞에 펼쳐지기 시작했다. 그들이 탄 우주선은 어딘 가로 계속 향하고 있었다.

'지구정화위원회의 배후는 도대체 누구란 말인가?'

모두들 갑자기 음모의 바다에 내동댕이쳐진 기분으로 막막한 우주 공간을 응시하느라 한동안 아무도 말이 없었다. 그때 다시 스크린에 글자가 떴다.

긴급 뉴스입니다. 명왕성이 태양계 행성이 아니랍니다. 그래도 이 우주선은 돌아가지 않습니다.

"그럼 명왕성은 누구 편이란 소리야?"

조지가 답답하다는 듯이 말했다. 아무도 대답하지 않았다.

"명왕성이 태양계에서 퇴출될 동안 넌 도대체 뭘 한 거지비?"

김 위원장이 조지에게 다그치듯이 말했다.

그때 다시 스크린에 글자가 떴다.

업무상 착오가 생겨서 본 우주선은 다시 지구로 돌아가겠습니다.

순간 우주선에 있던 사람들이 환호했다.
"내가 그럴 줄 알았어. 감히 날 어디로 보낸다고?"
조지가 의기양양하게 한마디 했다.

탑승자 명단에 있는 MB가 이 우주선에 타지 않은 것으로 확인됨에 따라서 MB를 압송하기 위해 잠시 지구로 되돌아가게 된 것을 유감스럽게 생각합니다. 하지만 여행은 계속됩니다.

"MB가 누구야?"
부시가 화가 난 듯 말했다.
"Marry & Bone을 말하는 거 아닐까요."
토니가 대답했다.
"그게 누군데?"
부시가 다시 물었다.
"누구긴 누굽니까? 개뼈다귀죠!"
"……."
"그런데 고이즈미하고 아베, 김정일과 김정은, 명박이

와 근혜가 동일인이냐? 동양인들은 얼굴처럼 이름도 구분하기 힘들더라. 하는 짓도 그렇고."

부시가 말했다.

"그건 너네들도 마찬가지잖아! 조지나 부시나!"

후세인이 잘라 말했다.

- 2005/2016 수정/미발표

홍길동은 살아있다 - 본좌 허인전

자신이 아니라 이번엔 유력한 야당 후보를 찍어주라고
국민들에게 호소하니 당시 그 자리에 있던 토론자들은 물론
시청자들도 그의 인격에 모두 감복했다더라.

화설. 허인의 본관은 양천이며 자는 허풍(?)이고 호는 본좌라. 가수, 정당인, 폴리테이너다. 조선조 광해군 때 파란을 일으키다 역도로 몰려 처형된 전형조 판서 교산 허균의 19대 손이라는 말이 있으나 양천 허씨 문중의 확인을 거친 바 없더라. 허인은 민국 3년 1월 1일, 서울 중랑교 다리 밑에 있는 가마니 움막에서 출생하니[1], 그의 아버지 허씨는 본래 만석꾼의 부호였으나 집안의 전통대로 자신의 땅을 수백 명의 소작인들에게 기꺼이 나눠주니, 이를 못마땅하게 생각한 주변 지주들의 고발로 좌익으로 몰려서 서대문 형무소에서 사변이 일어나기 꼭 3일 전에 처형됐다고 전해지더라. 허나 사법부에선 객관적 근거가 없다며 사실관계를 부인하고

---

1) 중랑교가 있던 중랑천엔 1960년대까지만 하더라도 개구리가 살고 있었다. 중랑천의 개구리는 울 때 '거꾸러져라 거꾸러져라' 하며 울던 영험한 개구리로 알려져 있다. 지금까지 그 개구리들이 살아 있었다면 허인의 출생담에 대한 얘기도 들을 수 있었을 것으로 추정된다. 중랑천 개구리에 대해서는 소설가 김승옥의 「누이를 이해하기 위하여」에서 그 편린을 확인할 수 있다.

있다더라. 또한 검찰 조사에 따르면 그의 출생도 민국 3년 1월 1일, 중랑교 다리 밑이 아니라, 군정 3년 경남 밀양에서 태어났다고 하나 허인은 그건 단지 호적상의 기록일 뿐이라고 일갈했다더라. 사법부 기록이나 호적이나 모두가 허술한 시절이었으니 어느 쪽도 그대로 믿을 것이 못된다고 세인들은 덩달아 말하더라.

허인의 어머니 조씨는 그를 낳은 지 6개월 만에 그를 친정의 일가붙이들이 있던 지리산 아랫마을에 데려다 놓고 산독으로 죽으니[2] 본좌 곧 천애고아가 됐더라. 호부호형을 하고 싶어도 호부호형을 할 아비와 형제가 없게 된 것이니 통탄할 일이더라.

각설하고, 본좌 본시 총명하여 지리산 농부의 양자가 되어 머슴살이를 하면서[3] 아침저녁으로 소죽을 끓이고 초등학교를 다니면서 새벽으로 서당을 다녀 주역과 사서삼경 등 30여권의 유교 한문 서적을 통해 유교의 중용사상을 배우고 그 오묘한 진리를 깨우쳤다더라.

이어 나이 14살에 가출하여 서울 수유리 화계사의 숭산 이행원 스님의 양자가 되어[4] 그곳에서 하루 일천 명

---

2) 본좌 어머니는 그가 4살 때 죽었다는 말도 있어서 어느 것이 맞는지는 모르겠으나 6개월이든 4살이든 본좌가 어릴 때 죽었다는 사실만은 사실인 것 같다.

3) 혹자가 말하기를, 양자는 뭐고 머슴살이는 뭐냐고 반문하기도 했지만 학인들은 양자든 친자든 머슴처럼 열심히 일하지 않으면 먹고살기 힘든 시절의 어법이 아니겠냐며 사소한 어구에 집착하는 인간들을 비웃었다.

분의 밥을 지으며5) 야간 협성고등공민학교를 다니는 한편, 불교의 팔만대장경과 불교의 중도사상을 3년간 배웠다고 하더라.6)

그러던 중 숭산이 포교차 미국으로 떠나자 다시 그 절을 떠나 세검정 청룡사란 암자로 가던 중 기도원에서 내려오던 다섯 명의 아주머니7)를 만나 그들의 인도로 광화문 내수동 교회의 홍근섭 목사에게로 가서 다시 그의 양아들이 되게 되었더라. 본좌 거기서 또 야간 고등학교를 다니며 기독교의 구약, 신약, 모세의 오경을 배우며 주일반을 맡아서 가르치게 되니 기독교의 중립사상을 배워 비교 분석의 경지를 벗어나게 되었다고 하더라.

하지만 학업과 건강상의 문제로 세 번째 양아버지와 헤어져 홍제동의 안산 꼭대기 달동네 판자촌 위쪽 산중턱 약수터 옆에 2인용 군용 텐트를 치고 하루에 호떡 두 개를 사서 먹으며 낮엔 볼펜 행상을 하고 밤엔 야간 고등학교를 다니면서 학업에 용맹정진 했다고 하더라.8) 텐트 속엔 노루나 들쥐들이 들락거리며 본좌의

---

4) 스님들도 양자를 들이는가에 대한 의문이 있으나 워낙 사소한 문제인데다가 종교인들의 사생활과 관련된 문제라 그냥 넘어간다.
5) 일찍부터 본좌가 여러 사람을 먹여 살릴 수 있는 그릇임을 보여주는 대목이다.
6) 모두들 사는 게 바빠서 숭산이나 그 문중의 확인을 거치진 못했다.
7) 성경에 나오는 동방박사의 화신이 아닐런지?
8) 이 시절에 등록금이 모자라 삼일 연속 매혈을 하다가 의식을 잃고 쓰러졌다가 교회의 종소리를 듣고 깨어나기도 했었다고 본좌는 말한다. 중국 작가 위

코를 물어뜯기도 했으니 본좌 본시 일찍부터 자연친화적인 삶에 눈을 떴음을 말해줌이라.

그러던 어느 날 한밤중에 홀연히 텐트가 날아가니 본좌 잠에서 깨어 천막을 찾느라 사방으로 돌아다니다가 그만 바위 아래로 굴러 떨어져서 다리가 부러지고 말았다더라. 달동네 사람들이 그를 가엾게 여겨 본좌에게 라면과 부업으로 만들던 실내용 샌들을 10켤레나 주니, 본좌 이를 팔아서 학교에 다닐 요량으로 샌들 열 켤레를 책가방에 넣고 실내화를 신을 만한 사람들이 살고 있을 것 같은 장충동으로 갔다더라. 그때 본좌 어느 집 문이 열리고 난생 처음 보는 고급 승용차에 타려는 어른에게 무작정 달려가서 슬리퍼를 팔아달라고 내미니 그 어른이 본좌를 꼬나보다가 본좌의 안광과 얼굴에서 심상치 않은 기운을 느끼고 그의 손을 잡고 다시 집으로 들어가 밥을 먹인 뒤에 본좌에게 양아들이 되어 줄 것을 부탁하였다고 하더라.[9] 그 어른이 다름 아닌 한국의 대표 재벌 별셋그룹 이 회장이었다니 인연이 참 희한도 하고 알고 보면 인생 참 별거 아니라고 그 얘길 들은 사람들

화의 『허삼관 매혈기』에 나오는 얘기보다 한 차원 더 높은 얘기다.

[9] 그 어른은 이미 고인이 되었으며 그 아들들은 그런 동생이 있었는지 잘 모르는 눈치라 사실을 제대로 확인할 수 없어서 참으로 안타깝다. 줄줄이 아들이 많았던 그 댁에서 무엇이 아쉬워 거렁뱅이 같은 사람을 양자로 삼으려 했겠냐는 의혹도 있으나 혹자는 양자가 한 번이라도 되어 본 경험이 없으면 말을 말라고 했다.

마다 입을 모아서 말하더라.

　본좌 나이 19살에 이 회장의 신임을 얻어 대한민국 굴지 기업의 인사와 경영에 음으로 양으로 관여하게 되었다더라.[10] 이 회장의 신임을 얻게 된 본좌, 드디어 양아버지의 소개로 20살에 박정희 대통령을 소개받아 이때부터 박 대통령이 서거하시는 민국 31년까지 대통령의 비밀 보좌역을 맡아서 수많은 국사를 처리하게 되니 과연 하늘이 낸 사람이 아니라면 할 수 없는 일이었다고 본좌 스스로 말하더라. 또한 그 모든 것이 예정된 것이었다고도 말하더라.[11]

　차설. 본좌가 박 대통령의 비밀 보좌관이 되어 한 일들은 하나같이 드라마틱하고 환상적이어서 일일이 다

---

10) 본좌의 자문으로 노동자를 근로자로, 경영자를 관리자로 그 이름을 바꾸게 하고, 신입사원의 관상을 보게 하는 등 12가지의 비결을 적용하여 국내에서 유일하게 노동조합이 없는 회사로 만들었다고 한다. 또한 LG와 GS의 창설 과정에도 본좌가 관여한 것으로 본좌 본인이 주장하고 있으나 이에 대해 삼성, LG, GS 쪽에선 아무런 반응을 보이지 않고 있는 것으로 알려져 있다.

11) 본좌가 초등학교 1학년 때, 지리산 아래에서 소죽을 끓이고 있을 때, 한 탁발승이 일곱 살짜리 본좌를 보고 "너는 이 집 아들이 아니구나. 너의 부모는 너를 이 땅에 데려다 놓기가 무섭게 떠나야 하는 것이니 아마 이 세상을 떠났을 것이다. 너를 이 세상에 데려다 놓으라는 심부름 오신 분들이니 남아 있을 리가 없지. 그리고 너는 열심히 한문을 배우고 지리산 정기를 받아서 14세가 되면 서울로 올라가 삼각산 정기를 받아야 한다. 그리고 너는 푸른 집 대문 열쇠를 가졌으니 반드시 세상 사람들의 한을 풀어주는 세계적인 정치 지도자가 될 것이니 명심해라"고 했다고 하는 얘기가 본좌의 입을 통해서 세상에 전해지고 있다. 그의 약력을 보면 1968년(19살)에 한국 첫째 재벌의 양아들이 되고 야간대학을 졸업하고, 고시에 합격했으며, 야간대학원까지 졸업한 것으로 되어 있다. 이것은 그의 수많은 경력을 협소한 지면에 소개하려고 압축적으로 정리하다보니 부득이 하게 생긴 착오일 수도 있겠다는 생각이 든다. 학제가 지금과는 많이 달랐을 수도 있다. 그게 아니라면 도대체 이 약력이 의미하는 것이 무엇이겠는가? 나 같은 범재로선 감히 이해할 수 없다.

열거할 수 없더라. 허나 부득이 그의 인간됨과 능력을 보여주는 차원에서 몇 가지 중요한 일들은 언급하고 넘어갈 수밖에 없겠더라.

본좌가 박 대통령의 비밀 보좌관이 된 후 각하께서는 시도 때도 없이 본좌를 불러서 국내외 국사를 의논하니, 본좌 막걸리와 양주 소주 등을 구분하지 않고 각하와 함께 마시며 일사천리로 다사다난한 문제들을 풀어갔다더라.

본좌 각하를 처음 보니 각하의 관상이 자신과 같이 용의 허리에 올라탄 기룡지상의 운명이라. 처음부터 동병상련의 필이 팍 왔다더라.

본좌 가라사대. 나라나 사람이나 개성이 있어야 하니, 스위스는 관광국, 일본은 공업국, 영국도 공업국(북한이나 이라크는 악의 축?). 안중근, 이준, 김구는 독립운동가, 허백련은 동양화가, 허준은 한의사, 링컨은 노예해방 식으로 각하는 경제 대통령으로 남으면 되지 민주주의도 잘하고, 경제도 살리고, 안보도 잘 지키고, 세계의 칭찬도 받고, 가정에서도 칭찬 받는 대통령이 되어서는 안 된다고 역설하며, 금강산도 식후경이요, 전 국민이 반대하는 정책은 역사에 남는다는 현란한 말로 각하의 어심을 사로잡았다고 하더라.

월남전, 청와대 무장공비 침투 사건, 미 7사단 철수,

미국의 중국과의 수교, 한국의 미사일 및 핵개발 의혹 등 외교 안보상의 난제들에 직면하자 본좌는 각하에게 국제 관계의 미묘한 지각변동과 틈새를 이용하여 소련의 극동지역인 연해주에 있는 소련의 핵미사일 기지를 한 군데 구입할 것을 건의하여 이를 비밀리에 성사시킴으로써 핵개발을 둘러싼 국제사회의 의혹과 협박으로부터 벗어나는 동시에, 북한과 일본의 잠재적인 침략 위험으로부터 우리를 지킬 수 있게 했다고 하더라. 핵가방은 박 대통령이 죽기 직전까지 가지고 있었으나 워낙 비밀리에 추진했던 일이라 박 대통령이 죽을 때까지 각하와 본좌만이 알고 있었던 일이라고 하더라.[12]

본좌의 탁월한 정책 제안은 여기에서 그치지 않았으니, 제주도 한라산 백록담에 심야전력을 이용하여 물을 가득 채운 후 폭포와 양수발전소를 만들면 1000만 kW/h의 전력을 생산하여 제주도는 물론 전국의 발전소를 없애도 전력이 남아돌게 할 수 있으며,[13] 세계적인 관광단지로 만들어서 10배의 국민소득을 올릴 수 있다고 했

---

12) 국내에선 둘만이 알고 있었다고 하더라도 소련의 현지 업무 관계자들을 통해서라도 알려졌을 만한 일이나 워낙 보안을 철저하게 한 탓인지 본좌가 말하기 전까진 아무도 모르는 사실이었다. 보안관계자들이 그 비법을 연구해볼 만한 일이다.

13) 2007년 기준 국내 전력 총생산량은 426,647,352MW/h다. 1,000만kW/h의 4천 배 정도다. 본좌 말대로 백록담에 설치할 양수발전소를 믿고 전국의 발전소를 없애버렸으면 한반도 남부는 다시 석기시대로 돌아가지 않았을까 염려가 되지만 친환경적인 에너지 생산의 중요성과 전기 좀 아껴쓰자는 말을 하고 싶었던 것이 본좌 말의 진의가 아니었을까 추측해 보게 된다.

다더라. 또한 속초항에서 운하를 파서 내설악을 거쳐서 외설악 계곡을 돌아 나오게 하는 유람선 운하를 파서 독일의 로렐라이보다 더 많은 관광객이 몰려오게 하는 동시에 다목적 댐이 될 수 있도록 하는 방안을 제안했다고 하더라.

이뿐만이 아니라 미래의 물 부족 사태를 내다보고 소련으로부터 바이칼 호수를 매입하여 대형 송수관을 통해 유럽과 동남아, 한국, 일본, 중국 등으로 물을 공급하게 된다면 국민소득 10만 불도 불가능하지 않으며 한국이 미래 아시아 연방의 주도 국가가 되며 아시아 공용 화폐가 한국 돈이 될 가능성이 높아질 것이라고 했다더라.

차지철이 주인을 다치게 하는 사자상이고 김재규는 황룡상이라 둘 다 멀리 해야 한다고 말한 거나, 김영삼이나 김대중은 70을 전후로 대통령이 될 사람들이고 김종필은 이무기상이라 구렁이 담 넘어가듯 아무의 옆에서도 2인자로 살아남을 사람이라고 예언한 것, 전두환이나 노태우의 등장을 예견한 것들은 본좌의 신비한 능력 중 워낙 사소한 일들이었더라.[14] 또한 소련과 동구권의

---

14) 1300년 전에 미륵부처가 한 스님의 꿈속에 나타나서 예언한 것을 비몽사몽간에 기록한 책이라는 『정감여록 井感如錄』 혹은 『전감여록前感如錄』엔 '백이화삼대락 百梨花三代落'이라 하여 흰 배꽃 즉 이승만 대통령이 삼대 만에 떨어진다고 하였으며, '박첨지삼대홍두건朴僉知三代紅頭巾'이라, 박씨라는 장군이 3대의 대통령을 하고 머리에 붉은 수건을 쓴다고 되어 있으며, '청의남조

몰락이나 닉슨의 도중 하차, 박 대통령의 말년 등을 예견한 것도 굳이 일일이 말 할 것이 되지 못된다고 세인들은 말하더라.

각설. 민국 31년 10월 26일. 박 대통령이 비기의 예언대로 불의에 서거하고 공화당 사람들이 뿔뿔이 흩어져 갈 때도 본좌 혼자서 오랜 세월 공화당을 지키며 은인자중 때를 기다렸다고 하더라. 드디어 민국 49년 11월 26일. 제15대 대통령 선거에 공화당 대선 후보로 등록하니 비로소 세상 사람들이 그의 존재를 알게 되었더라.[15]

하지만 역사상 최초의 여야 정권 교체의 필요성을 인식하고 텔레비전 토론회에 나가서 자신이 아니라 이번엔 유력한 야당 후보를 찍어주라고 국민들에게 호소하니 당시 그 자리에 있던 토론자들은 물론 시청자들도

유이재전전도하지靑衣南鵬酉利在田全道下止'라 푸른 군복을 입은 독수리상의 대머리가 나타나 길도가 붙은 사람(허문도)의 도움으로 대통령이 되고 그 다음은 '덕의남원봉천혼천불德衣南猿魂千佛'이라 덕의 옷을 입은 원숭이 상의 사람이 친구의 도움으로 대통령이 되어 천 사람의 혼을 달래고 천 번의 불사를 한다고 되어 있고, 또한 '법의남목피갑法衣南木皮甲'이라 국회의원을 많이 한 장로가 대통령이 된다는 말이 있으며, 마지막엔 '무초석양유각천허권래 無礎石有兩角天許權來'라 기초가 없는 사람이 머리에 뿔을 두 개 달고 나오는 소띠생 허씨가 나라를 구한다는 말이 있다고 한다. 하지만 이 책을 본좌가 어떻게 보게 됐는지는 아무도 모르며, 이러한 책이 있다는 사실을 알고 있는 사람도 본좌 이전엔 아무도 없었으며 아직까지 아무도 모르고 있으니 비기는 비기인 모양이다.

15) 야간 중학, 야간 고등학교, 야간 대학, 야간 대학원 등 주로 밤에 나다니고, 하는 일도 남의 눈에 띄지 않는 비밀 보좌역이었다 보니 아무리 출중한 능력을 가지고 있던 본좌지만 세인들의 눈에 띄기가 쉽지 않았을 것이다.

그의 인격에 모두 감복했다더라.

이어서 민국 54년 제16대 대선 출정식에 민주공화당 후보로 등록하고자 하였으나 기탁금 문제로 안타깝게 등록을 포기하고, 드디어 대망의 민국 59년 제17대 대통령 선거에 출마하여 파격적인 선거공약으로 다시 파란을 일으키니 사람들이 너도나도 그의 이름을 부르며 열광하였더라.

본좌 왈. 영웅은 본시 말을 새로 만들어 내는 사람이라.(박 대통령 시절에 새마을 운동이란 말도 그가 만들어낸 말이라 하더라.) 민국 49년 제 15대 대통령 선거 당시 본좌 가라사대, '소비측면세'[16] 신설로 고소득층으로부터 100조원의 추가 징수되는 돈으로[17] 건국 1세대인 65세 이상의 노인들에게 매월 50만원의 '건국공로수당'을 지급하여[18] 노인부양문제로 인한 가정불화를 없애고, 중산층 및 서민들에게 무담보, 무보증으로 1억원까지 장기 저리 융자를 실시하며 여성가장, 전몰군경,

---

16) 같은 말이라도 민노당에서 말하는 '부유세'와는 어감부터 다르지 않은가? 괜히 몇 푼 걷지도 못할 거면서 말 한 마디 때문에 부자들의 반감을 사서 당에 대한 반감부터 키우는 사람들보다 분명히 한 수 우위의 언어 감각을 보여주고 있다. '소비측면세'란 것이 뭔지 모호하지만 정부 예산보다도 많은 100조원씩이나 걷어가겠다고 하는 무시무시한 세금임에도 불구하고 '부유세'처럼 계급적인 반감을 불러일으킬 염려가 전혀 없게 느껴지는 매력적인 어휘다.

17) 1997년 정부 총예산이 71조 6000억원 정도였음을 감안하면 이 돈이 얼마나 많은 돈임을 알 수 있다. 2010년 정부 총예산은 225조 9000억원 정도다.

18) 2007년 제 17대 대선 당시엔 건국공로수당을 매월 70만원으로 인상하겠다고 했으니 물가 상승을 고려한 합리적이고 현실적인 본좌의 사고방식을 엿볼 수 있다.

허문재 소설집

참전용사, 장애인 등을 확실하게 지원하여 고질적인 부익부 빈익빈 현상을 청산하겠다고 하였더라. 또한 모든 세금을 자동차 기름에 포함시켜[19] 세금고지서 없는 사회를 만들겠다고 공언하였으니 본좌가 꿈꾸는 세상이 어찌 좋은 세상이 아닐쏘냐.

본좌, 이것만으론 성이 차지 않았는지 민국 59년 대선에선 좀 더 구미가 당기는 공약을 발표하니, 결혼수당을 남녀 각각 5,000만원씩 지급하고,[20] 출산수당을 출산시마다 3,000만원씩 지급하겠다고 했더라.

알고 보니 공화당이 활빈당이요[21] 본좌 본시 극좌라. 골수 좌파들도 본좌에게 반해 너도나도 당을 배신하고 그를 찍었다고 고백하는 사례가 속출하더라.[22]

이왕 세상을 좀 바꾸는 김에 본좌 조금 더 나아가니, 3,000명의 살생부를 만들어 부패한 정치인들과 사회지도층 인사들의 공적 활동을 금지시키겠다고 공표 하니 누구는 벌벌, 대다수 국민들은 환호작약하며 그냥 자지러지더라. 또한 동네 양아치만도 못한 국회의원들의 난

---

19) 그러면 기름값이 천정부지로 치솟을 것이 아닌가 하는 의문이 들기도 하지만, 세금고지서만이라도 없는 세상이 어디인가?
20) 재혼자는 제외한다는 센스 있는 단서 조항도 추가.
21) 공화당은 박 장군이 5·16 거병 이후 시급한 민생고, 즉 밥 굶는 백성이 없게 하겠다고 만든 정당으로서 활빈당이 전신이다.
22) 소설가 김남일은 바쁜 와중에도 굳이 당을 배신하고 지난 대선에서 본좌를 찍을 수밖에 없었던 사연을 「오생, 아무도 가지 않을 길을 가다-오자외전誤子外傳」란 장문의 글을 통해 고백하고 있다.

투극에 식상하던 국민들은 국회의원 출마자격 고시제 실시23) 계획에 무한한 신뢰와 박수를 보내는 듯하더라.

이왕 말이 나온 김에 본좌 본색을 조금 더 드러내서 UN본부를 판문점으로 이전하고 몽골과의 국가연합 구상을 발표하니24) 민국 국민들의 입이 벌어지고 해외에서도 급관심을 보이는 등 본좌 일약 세계적인 명사가 되더라. 허나 측근들은 본좌의 경호에 각별히 더 신경써야 될 일만을 걱정하더라.

드디어 민국 59년 12월 19일, 본좌 제17대 대선에서 기호 8번 경제공화당 후보로 선거에 참여하여 약 10만여 표를 얻어서 득표율 0.4%의 경이적인 지지를 받으니 군소 후보들 중 단연 돋보이더라. 인구의 반 이상이 모여 사는 경기도의 도지사까지 지낸 이인제가 0.68%의 득표율에 그친 것을 감안할 때 실로 본좌의 인기가 어느 정도였는지 짐작할 수 있다고 알 만한 사람들은 말하더라. 허나 본좌 아쉽지만 밝은 전도를 확인하는 것에

---

23) 혹자는 '고시제' 하니까 기존의 세상도 그 고신가 뭔가를 해서 행정, 사법 등 권력을 장악한 인간들이 다 망쳐놓은 것 같은데 입법부마저 고시 출신으로 채워놓으면 그렇지 않아도 스폰서다 뭐다 룸싸롱에서 낮밤 새는 인간들이 언제 정신이 들겠냐며 우려의 목소리를 내기도 하지만, 본좌가 말하는 '고시'는 그런 '고시'가 아니라 양아치 같은 인간들을 걸러낼 수 있는 제도적 장치의 의미 정도로 이해하는 것이 좋을 듯하다.

24) 소설가 황석영보다 본좌가 몽골과의 연합을 먼저 얘기한 듯하다. 황석영이 본좌의 어록이나 공약에서 영감을 얻었음이 틀림없다. 본좌가 본시 그런 사람이라 많은 정치인들이 본좌의 공약을 모방하기도 하고 패러디해서 사용하기도 한다.

서 만족할 수밖에 없었음이라.[25]

하지만 양지가 있으면 음지가 있고 운이 있으면 액도 있는 법이라. 본좌 17대 대선이 끝난 후 명예훼손과 사소한 선거법 위반 혐의로 영등포 구치소에 수감되어 결국 1년 6개월의 실형을 선고 받으니, 오호통재라! 명예 훼손의 내용이란 게 박근혜 한나라당 전 대표와 자신이 단순한 친분 이상의 관계이며 결혼할 것이라는 주장을 했었다는 것이라. 박근혜가 누구냐? 본좌가 비밀리에 10년 동안 모셨다고 하는 각하의 소중한 따님이 아니시던가. 그러니 단순한 친분 관계 이상임이 분명하고,[26] 그런 분을 본좌가 연모해서 솔직하게 자신의 속마음을 털어놓은 것이 감옥까지 가야할 만큼 큰 죄인지 의심하는 사람들이 많더라.[27]

---

25) 본좌 스스로가 전국에서 그에게 보내준 1만 5천여 통의 메일 중 일부를 정리한 내용을 보면 그에 대한 지지자들의 관심과 감동 정도, 성향 및 문제점 등을 확인할 수 있다. ① 야! 정말 허본좌 대통령 후보 정말 대단한 카리스마다. ②50년 만의 여야 정권교체가 아니었다면 허본좌 후보를 찍었을 텐데 ③정당만 조금 컸으면 당선될 뻔했다. ④언론보도가 공정했더라면 당선될 뻔했다. ⑤거침없고 신선하고 강력한 카리스마에 속이 후련했다. ⑥히틀러와 박정희보다 더 강력한 카리스마를 가졌다. ⑦조금만 일찍 언론에 알려졌어도 선거 판도가 바뀔 뻔했다. ⑧다음에는 꼭 허본좌 후보와 공화당을 선택하겠다. ⑨대통령 후보 TV 토론에서 박수쳐 보기는 허본좌 후보가 처음이다. ⑩한번 정한 공약은 끝까지 지킬 사람 같다. ⑪박정희 같고 젊고 강직한 허본좌를 뽑아야 한다. ⑫이인제가 말 잘 하는 줄 알았는데 허본좌는 환상적이다.

26) 상대는 본좌를 하찮게 생각하고 있더라도 본좌가 상대를 특별히 생각한다는 것이 중요하다. 인간 관계란 것이 본시 서로가 서로를 생각함의 비중이 항상 일치하지 않는 것이 상례다.

27) 박근혜 전 대표는 본좌가 마음에 들지 않았을 수도 있으나 설마 그렇다고 하더라도 짝사랑이 죄가 될 수는 없다는 것이 세인들의 상식적인 여론이다.

또한 조지 부시의 취임식에 한국 대표로 참석했었다는 본좌의 주장이 거짓이라 감옥에 가야한다는 논리도 이해할 수 없다는 상식 있는 사람들도 많더라. 조지 부시 취임식에 즈음하여 미국을 방문해서 교포들과 술 한잔하며 미국 대통령의 당선을 축하했을 수도 있는 일인데 그런 사소한 일들을 가지고 사람을 범죄인으로 모는 것은 상식적으로 납득할 수 없는 처사라고 사람들은 입을 모아서 한입으로 말하더라. 또한 사진 합성은 요즘 세상에 아무나 할 수 있는 포스트모던한 예술 행위라 하더라.

하지만 본좌 본시 국법을 존중하는 선량한 양민이라. 법의 규정과 절차를 존중하여 대법원까지 상고하는 등 나름대로 최선을 다하는 모습을 보인 후에, 민국 61년 7월 23일, 형기를 얌전히 마치고 표표히 출소하더라. 출소 후에 본좌 방송인 김구라와 토크쇼 '구라만땅'을 진행할 거라고 발표했으나 김구라 측에선 이를 부인했다더라. 본좌의 마음 씀씀이가 항상 이렇듯 넘쳐서 상대가 원하지 않거나 미처 생각하지 못하고 있어도 미리 앞질러 자신의 마음을 상대에게 내보이는 실수가 잦아서 세상사 손해를 보고 세상의 지탄을 받는 일들이 많으니 안타깝더라.

차설. 본좌 출소 후에 다양한 활동과 발언으로 세인들

의 이목을 점점 더 집중시키니 차차 세상이 그를 경계하기 시작하더라.

본좌 인터넷 검색창 검색에 수시로 오르내리나 문제는 공중파 TV라. 자신의 인기에 비하면 TV에서 극심한 괄시를 받고 있다고 판단한 본좌, 스스로 방송국을 설립해서 '본좌쇼'를 만들어 방송을 장악하겠다고 공언하더라.

한편 노무현, 김대중 대통령이나 마이클 잭슨 등 저명인사들은 죽기 꼭 3일 전에 영혼의 형태로 자신을 찾는다고 굳이 밝혀서 저명하지 못한 인사들 원혼의 원망을 한 몸에 받게 되는 사소한 우를 범하였더라.

허나 본좌의 인기가 날이 갈수록 치솟더니 민국 61년 8월 14일, 디지털 싱글앨범 'Call Me'를 발표하자마자 싸이월드 BGM 차트 1위에 등극하더라.[28] 이어서 예술

---

28) 이 곡은 록밴드 뷰렛의 기타리스트 이교원이 쓰고 가사는 본좌가 직접 쓴 것으로 알려져 있다. 가사 내용은 다음과 같다. - 여보세요?/Yeah! Let me introduce 허본좌/ He is real! He is comeback!/내 눈을 바라봐! 넌 행복해지고,/내 눈을 바라봐! 넌 건강해지고,/허본좌를 불러봐! 넌 시험 합격해!/내 노랠 불러봐! 넌 살도 빠지고,/내 노랠 불러봐! 넌 키도 커지고,/허본좌를 불러봐 넌 더 예뻐지고,/ 허본좌를 불러봐! 넌 잘생겨지고,/아침, 점심, 저녁, 내 이름을 세번만 부르면 자연스레 웃음이 나올 것이야!/망설이지 말고 Right Now!/Call me, touch with me everybody/Call me, touch with me everybody/ 난 너를 위해 난 너의 전화를 위해 바로 지금/두려워하지 말고 내 이름을 불러봐 Yeah~/허!본!좌!/신나는 일이 생길 거야/즐거운 일이 생길 거야/행복한 일이 생길 거야/놀라운 일이 생길 거야/내 눈을 바라봐! 넌 건강해지고/허본좌를 불러봐! 넌 시험 합격해!/내 노랠 불러봐! 넌 살도 빠지고/허본좌를 불러봐 넌 웃을 수 있고/아침, 점심, 저녁 내 이름을 세번만 부르면 자연스레 웃음이 나올 것이야/망설이지 말고 Right now/Call me, touch with me everybody/Call me, touch with me everybody/난 너를 위해 난 너의 전

을 좀 하는 젊음이들이나 간다는 홍대 브이홀에서 단독 콘서트까지 성공리에 마치더라. 내친김에 연말엔 '기쁘다 허본좌 오셨네'란 캐롤송까지 내니 사람들이 시도 때도 없이 그의 노래를 즐겨 부르며 즐거워하더라.[29] 본좌 보기에 좋으시더라.

이렇게 되자 드디어 TV에서도 본좌에게 본격적인 관심을 보이기 시작하니, 본좌의 신드롬 '그것이 알고 싶다'고 했다더라. 알고 싶은 것이 지나치게 많았던 탓에 본좌의 사생활까지 파헤쳐서 '미혼이었다'[30]고 주장한 본좌의 말을 불신하고, 세 번의 결혼을 했으며 5살 난 아이까지 있다고 방송을 내보내니, 본좌 열 받아 잠시 이성을 잃었더라. 허나 본좌 다시 정신을 가다듬어 그건 "고아원을 운영하는 도중 고아를 호적에 올리기 위해 몇 차례 호적상으로 결혼을 한 것으로 유전자 조사까지 받을 용의가 있다."라고 누구나 납득할 수 있는 내용의 말로 당당하게 말하였다더라.

화를 원해 바로 지금/두려워하지 말고 내 이름을 불러봐 Yeah!/피곤해 허본좌를 불러봐/긴장돼 내 눈을 바라봐/슬플 때 내 노래 불러봐/우울해 허본좌를 불러봐/걱정돼 내 눈을 바라봐/심각해 내 노래 불러봐/아플 때 내 눈을 바라봐/아침, 점심, 저녁, 내 이름을 세번만 부르면 자연스레 웃음이 나올 것이야/망설이지 말고 Right now! – 실제로 '허본좌'를 외쳤더니 온라인 게임에서 90% 이상의 성공률을 보였다는 제보도 있었다.

29) 네 눈을 바라봤더니 난 우울해지고, 네 노랠 불렀더니 살은 더 찌고 식으로 일부 소수의 사람들은 그의 노래에 대한 부작용을 호소하기도 했다.

30) 본좌 본시 결혼하기 전까지 미혼이었다고 말한 것을 PD가 잘못 알아듣고 헛지랄 한 것일 수도 있다.

정말 공중부양이나 축지법을 할 수 있냐는 제작자의 질문에도 전혀 기죽거나 상황을 회피하려 하지 않고, 얼굴색 하나 변하지 않은 채 카메라 앞에서도 당당하게 즉석에서 다리를 들어 올려 보이거나 축지법 시범을 보이려드니 보는 사람들이 모두 탄복하며 말하기를, 저 사람이 정말 축지법이나 공중부양을 하지 못한다면 어떻게 저렇게 당당할 수 있겠냐며, 담당 PD가 본좌의 당세가 미약한 것만 믿고 사람을 너무 몰아세우는 것 같다고 말하더라.

　상황이 이렇듯 불리해지자 담당 PD, 시내 모 대학의 심리학과 교수를 동원하여 본좌의 표정을 집중적으로 분석해 방송에 내보내니, 이를 본 사람들이 말하기를 무슨 방송이 관상 얘기나 하고 있느냐며, 차라리 만화가 허영만의 「꼴」을 보는 게 낫지 뭐하는 개수작인지 모르겠다며, 불만을 토로했다고 하더라.

　정치인들한테 돈 떼인 게 어디 한두 번이며 사기 당하며 산 것이 어디 하루 이틀 일이냐며 방송 내용이 몹시 진부하여 새삼스러웠다고 말하는 사람들도 비일비재하더라.

　본좌 본시 마음이 약해서 험한 말은 못하나 사건이 사건이라, 명예훼손 운운하며 소송도 불사하겠다는 의지를 피력하는 한편, MBC가 어려움을 겪는 이유는 MBC PD

수첩이 자신에 대한 비판 내용을 방송하였기 때문이라며 SBS도 조심하라고, 길 한복판에서 대놓고 조용히 타이르더라. 그럼에도 불구하고 말기를 못 알아들은 제작진과 진행자, 본좌의 행보를 계속적으로 지켜보고 있겠다고 이상한 관심을 그런 식으로 표현하더라. 이에 본좌, 자신에 대한 최근의 방송 사태는 자신의 인기가 높아지자 자신을 때려 주저앉히려는 세력들의 음모이며, 자신은 그 정도 공격에 무너질 만큼 나약하지 않다고 호탕하게 말하더라.

본좌 비판 방송은 좌파 죽이기의 하나라고 주장하는 사회 각층의 알 만한 사람들도 많다더라.

각설. 본좌 본시 대인이라. 사회 일부의 편견과 경계 및 우려의 눈초리를 뒤로하고 다시 차기 대선을 향해 투지를 불태우고 있으니, 4대강 사업은 운하가 아니라 물을 어떻게 저장하느냐에 초점이 맞춰진 사업이라며 통치자의 의도에 대한 속 깊은 이해심을 드러내기도 하고, 서울을 중심으로 북경 남경 서경 동경이 위치하고 있는 사실에서 확인할 수 있듯이 서울은 세계적인 수도가 될 땅이며, 연기군은 평범한 지형이라고 자신만이 알고 있는 비기의 일부를 기꺼이 공개하며 현실정치의 문제를 진단하더라.

또한 세계에 한글을 보급해서 한글 문화권으로 세계를

통일하는 것이 다음의 대선 공약 1호가 될 것이라고 천명하니 영어공용화론자들이나 영어에 올인하고 있는 미친 인간들이 모두 망연자실하더라. 나아가 지난 대선에서 내건 결혼수당, 출산수당 등의 공약은 여전히 유효하며 실천 가능한 얘기라고 강조하는 한편, 한국이 황우석을 잃고 본좌까지 잃으면 나라가 망한다고 경고하는 동시에, 애국하는 마음으로 본좌를 지지해달라고 점잖게 당부하기를 잊지 않으니, 나라의 앞날을 걱정하는 본좌의 극진한 마음이 본시 이와 같더라. 본좌에게 이로운 것이 나라에도 이로운 것이라고 사람들이 말하더라.

이에 일단 한 표라도 얻기 위해 입에 발린 말을 했다가 당선 후에 입을 싹 닦는 정치인들과, 결코 이루어질 수 없는 공약을 당당하게 내세우는 본좌 중 누가 더 나은지 굳이 우열을 가리기 힘들다고 호소하는 사람들도 적지 아니 있더라. 또한 본좌는 그나마 풍부한 상상력이라도 있지 다른 놈들은 리얼한 탐욕과 더러운 배포밖에 있는 것이 뭐가 있냐며 기성 정치인들을 일갈하는 사람들도 여기저기서 심심치 않게 눈에 띄더라.

한편 K대 국문과의 이동재 박사가 《한국역사문학》최근호에 발표한 「홍길동, 그 이후의 삶과 현재」란 논문에서 본좌가 사실은 허균의 후손이 아니라 홍길동의 화

신이라고 주장해 국문학계와 사학계가 발칵 뒤집어졌다
더라.

이 박사는 이 논문에서 본좌가 축지법이나 공중부양술
을 하고 있고[31] 진보정당들보다 더 과감한 조세정책과
빈부격차 해소 정책을 내놓는 등 본좌의 이념과 정책이
홍길동의 활빈당을 그대로 계승하고 있다는 점 등을 지
적하면서, 본좌의 삶과 행적에 도저히 그가 홍길동이 아
니고서는 이해할 수 없는 요소가 많다는 점을 들어서,
그가 율도국에서 진시황이 찾다가 찾지 못한 불로초를
구해 먹고 수백 년 동안 살아남아 다시 부패한 자신의
모국으로 돌아온 홍길동임을 밝히고 있다더라.

이에 대해서 국문학계와 사학계에선 이렇다 할 반론을
제시하지 못하고 있는 형편이어서 앞으로의 연구 결과
와 여론의 향배에 사람들의 관심이 흥미진진하게 집중
되고 있다더라.

덩달아 청와대에서도 작금의 불안한 병권을 그에게 쥐
어 줘 성난 본좌의 마음을 달래는 동시에 불안한 민심
을 달래야 할지 마라야 할지를 놓고 고민이 무진장 많
다더라.

---

31) 본좌가 방송에서 공중부양술과 축지법 시범을 보이는 장면이 보도된 적이
있는데 이를 지켜본 도인들은 한결같이 그가 공중부양술과 축지법을 실제로
보여준 것이 맞다고 말했다. 하지만 범인들의 눈엔 그것이 그냥 평범하게 보
였을 가능성이 있다고도 말했다.

본좌 가라사대, "사람들은 혹 내가 제정신이 아니라고 할지도 모르나 세상을 좀 더 겪어보고 나면 차라리 누구보다 내가 더 제정신이었음을 알게 되리라!"라고 하더라.

* 모든 구전이 다 그렇듯이 위의 내용 중 앞뒤가 좀 안 맞는 것이 있을 수도 있으니 양해하시기 바란다. 본좌의 전기적인 사실과 일화에 대한 내용들은 본좌의 자서전인 『무궁화꽃은 아직 피지도 않았다』와 네이버의 본좌 관련 사이트를 참조했음을 밝혀둔다.

― 《문예연구》 2010/겨울호

호모블라토디아 Homoblattodea[*]

이 도시는 항상 똥 냄새와 쓰레기 냄새
그리고 썩은 하수구 냄새로 가득했다.
나는 이것들이 삶의 냄새인지 죽음의 냄새인지
늘 구분할 수 없었다.

[*] homo(인간)와 blattodea(바퀴벌레류)의 합성어

순간적으로 나는 그것이 내 컴퓨터에 연결된 마우스인 줄 알았다. 그런데 그게 아니었다. 분명히 바퀴벌레의 몸통에 사람의 머리가 달려 있었다. 앞다리의 끝은 사람의 손가락처럼 보였다. 녀석은 그 손가락으로 내 컴퓨터의 키보드를 두드리고 있었다. 머리에는 더듬이를 양쪽에 안테나처럼 세우고 있었다. 몸통의 크기는 대략 성인 여자의 주먹만했으며 머리는 쓸모없게 된 옛날 오천원짜리 동전만했다. 앞다리는 웬만한 성인의 검지만 했고 가운뎃다리와 뒷다리는 기타리스트의 중지만했다. 다리의 굵기는 어린아이의 새끼손가락정도였다. 가느다란 철사줄 같은 더듬이는 한쪽이 10센티 정도는 되어 보였다. 몸통의 색깔은 다갈색이었으며 얼굴색은 놀랍게도 그 모습처럼 사람의 그것과 똑같았다. 다만 머리카락이 없는데 머리카락이 있어야 될 듯한 부분은 몸통처럼 광택이 나는 흑갈색을 띠고 있어서 마치 머리

카락처럼 보였다. 종합예술학교 재학시절 예술사 시간에
『한국근대예술도감』에서 본 디자이너 앙드레 김[32]의 머
리통처럼 보이기도 했다. 내가 처음 본 그 놈의 얼굴이
정말 앙드레 김 같아서 순간 나는 픽 웃음이 나왔다. 그
바람에 녀석이 나의 존재를 알아차리고 잽싸게 책상 아
래 어딘 가로 숨어버렸다. 그럴 땐 꼭 영락없는 바퀴벌
레였다. 하지만 정말 환타스틱한 장면이었다. 잠시 나는
내가 본 것이 〈개구리 왕눈이〉나 〈개구리 중사 케로로〉
같은 고전 만화영화였는지 실제 상황이었는지 헷갈렸다.
  내 노트북 화면엔 20세기에 나온 전자게임 '쉐도우 오
브 데스'가 떠있었다. 아버지의 아버지로부터 물려받은
내 구형 노트북에 처음부터 유일하게 깔려 있는 게임이
었는데 그 때 막 밤늦게 집으로 돌아온 내가 컴퓨터를
켜놓았을 리가 없었다. 더군다나 나는 그 게임을 좋아하
지도 않았다. 아니 좋아할 수도 없었다. 한가하게 그런
게임을 할 만큼 충전해놓은 전기가 남아돌아가는 것도
아니었다. 혹시 태양광에 의해 자동충전이 되는 신형 노
트북을 갖게 된다면 전기 같은 건 걱정 없이 하고 싶은
게임을 맘껏 할 수 있을지도 몰랐다. 하지만 그런 건 쉽
게 이루어질 꿈이 아니었다. 순간적으로 녀석의 기이한

---

32) 앙드레 김(1935~2010). 본명 김봉남. 경기도 고양 출생. 한국의 대표적인
   근대 패션디자이너. 똑같은 모양의 흰색 옷을 즐겨 입었으며 말년엔 머리카
   락이 많이 빠져서 머리통에 까만 색칠을 하고 다녔던 것으로 알려짐.

모습을 보고도 내가 먼저 놀란 것은 녀석 때문이 아니라 켜져 있는 컴퓨터 때문이었다. 요즘 들어서 더욱더 들쭉날쭉 하는 전기 배급과 날로 부담스러워지는 전기요금 때문에 켜져 있는 컴퓨터를 보자 가슴이 다 철렁 내려앉을 것만 같았다. 인터넷도 이미 십 수 년 전부터 되지 않았다. 인터넷을 하기 위해선 신형 무선 인터넷 칩이 장착된 컴퓨터를 구해야했지만 그럴 돈이 없었다. 컴퓨터와 인터넷 회사는 1개월 단위로 모델을 바꿨고 무선 인터넷 칩을 바꿨다. 새 제품을 구입할 수 없는 인간들은 자연스럽게 인터넷 사용을 할 수 없게 되는 거였다. R구역에서 누군가가 며칠정도 쓰다버린 신형컴퓨터라도 빨리 구해야 해결될 문제였지만 R구역엔 아는 사람이 한 사람도 없었다. 그건 내가 R구역에 발조차 들여놓을 수 없는 존재란 걸 의미했다. R구역은 상위 1%만이 거주하고 있는 로얄지구였다. 거리마다 아름다운 향기로 늘 가득 차 있다고 했다.

자판기 경비원인 내겐 매일 매일이 그저 따분하고 배고프고 힘든 하루였다. 내가 살고 있고 또 근무하고 있는 T구역의 자판기 편의점은 모두 열 곳에 자리 잡고 있었다. 한 곳에 10개씩의 자판기가 설치되어 있으니까 T구역엔 총 100개의 자판기가 있는 셈이었다. 편의점마다 3명씩의 자판기 경비원이 삼교대로 일을 하고 있었다. 따라서 T구역에만 30명의 자판기 경비원이 있었으며, 각기 품목이 다른 자판기 한 대당 1명의 리필원이 딸려 있으니 총 30명의 리필원이 있는 셈이었다.

서울 시내는 A부터 Z까지 26개의 구역으로 구획되어 있었다. 각 구역마다 T구역처럼 열 곳의 편의점에 열 개씩의 자판기가 설치되어 있으니까 서울 시내엔 총 2400대의 자판기가 설치되어 있는 것이었다. 여기에다가 특별 경제지구인 S구역에 설치되어 있는 600개의 자판기를 합치면 서울 시내에 있는 자판기는 총 3000개가 됐다. 특별경제지구인 S구역엔 200개의 자판기가 설치된 대형 마트가 세 곳이나 있었다. 이곳엔 한 군데마다 90명의 자판기 경비원과 180명의 리필원이 역시 삼교대로 근무하고 있었다. 그러니까 서울 시내엔 총 790명의 자판기 경비원과 900명의 자판기 리필원이 있는 셈이었다.

나는 그저 T-2의 자판기 경비원일 뿐이었다. T구역 2번 편의점 자판기 경비원이란 소리였다. 직원번호는 T-2-2. T구역 2번 편의점, 2번 경비원이란 표시였다. 서울 시내에 있는 790명의 자판기 경비원 중의 하나일 뿐인 것이다.

자판기 경비원은 모두 비정규직이었다. 계약은 2개월마다 갱신하고 있었고 나는 대학을 졸업한 후 그 동안 백팔 번의 계약 갱신을 했고 지금은 백구 번째 계약 기간의 둘째 달을 보내고 있는 중이었다. 다음 달에 계약 연장이 다시 될지는 아무도 모르는 일이었다. 회사의 윗선에선 중앙에서 통제하고 있는 CCTV에만 의존할 것인지 굳이 각 편의점마다 자판기 경비원까지 둬야할 것인지 사이에서 항상 고민하고 있었다. 불안정한 일자리였다. 그나마 요즘 들어서서 부쩍 자판기 파괴 사건이 빈번하게 발생하고 있는 것이 나에겐 불행 중 다행이라면 다행이었다. 자판기 파괴범의 존재가 자판기 경비원이란 존재의 필요성을 지탱해주고 있었기 때문이었다.

서울에서 구형 마트나 편의점, 백화점, 대형 마트 등의 점포가 사라진 지는 이미 오래였다. 그 자리를 KJ유통회사의 자판기가 대신하고 있었다. 자판기는 품목별로 ①겉옷 ②속옷 ③신발 ④곡류 ⑤면류 ⑥육류 ⑦과일 ⑧주류 ⑨의약품 ⑩잡화류 등으로 분류되어 있었다. 이 가운데에서 가장 영업이 잘 되는 자판기는 주식인 ④번과 주류인 ⑧번 자판기였다. 주식인 ④번 자판기엔 쌀, 보리, 옥수수, 고구마, 감자, 콩 등으로 만들어진 사료를 판매하고 있었다. 개 사료와 사람이 먹는 사료 사이에 구분이 없어진 지도 이미 오래 되었다. ⑥번 육류 자판기엔 소고기, 돼지고기, 오리, 닭 등으로 만든 육포가 들어있었으며, ⑦번 과일 자판기엔 사과, 바나나, 파인

애플, 자두, 살구, 감 등으로 만든 건과가 들어있었다. 자판기는 가로 2미터, 세로 3미터 크기의 직사각형 형태이며 재질에 따라서 가격 차이가 천차만별이었다. 웬만한 폭탄이 터져도 끄떡없는 것에서부터 잡범들이 망치나 도끼로 내려치면 쉽게 부서지는 것에 이르기까지 종류가 다양했다. 비싼 자판기는 파손될 위험이 적은데다가 회사에서 보험에도 들어놨기 때문에 별 걱정이 없었으나 쉽게 파손되는 자판기의 경우엔 오히려 보험에도 들어놓지 않고 있어서 특별히 더 주의해야 했다. 파손이 될 경우 자판기 경비원에게 책임을 물었기 때문이었다. 내가 근무하고 있는 T-2엔 부서지기 쉬운 자판기가 ① ② ③ ⑩ 등 네 대나 있어서 신경이 많이 쓰이고 있었다.

이번 주의 내 근무 시간은 17시부터 01시까지였다. 편의점은 약 30평 정도가 됐다. 출입문이 있는 한 면은 방탄유리로 되어 있고 세 면은 건물 벽이었다. 벽을 따라서 ㄷ자 모양으로 자판기를 나란히 붙여놓고 있었다. 방탄유리로 되어 있는 면이 다행히 남향이어서 햇볕은 잘 들었다. 그 방탄유리를 따라서 폭 30센티 정도의 데스크가 설치되어 있어서 자판기에서 뽑은 음식물을 앉아서 간단하게 섭취할 수 있게 되어 있었다. 사람들은 그곳에 앉아서 거리의 광고탑을 바라보며 면을 먹거나 육포나 건과를 씹다가 가기도 했다. 출입문을 들어서면서 오른쪽에 설치되어 있는 안내 데스크가 내 자리였다. 태양광으로 자동 충전되는 컴퓨터가 설치되어 있어서 필요한 정보를 검색하거나 웹진에 들어가서 연재물과 전자책 그리고 3D 영상물 들을 볼 수 있어서 좋았으나 업무와 상관없는 일로 사용할 경우 정보 사용료를 개인이 부담해야 했기 때문에 그것도 자주 사용할 수 있는 형편이 아니었다. 그래서 할 수 없이 아버지로부터 물려받은 종이책을 들고 다니며 심심할 때마다 펼쳐보는 게 내 유일한 낙이었다. 손님들은 그런 나를 한심하다는 듯이 쳐다보았다. 요즘 세상에도 그런 골동품 같은 책을 보는 사람이 있냐는 식이었다. 더 이상 종이책 같은 것은 만들어지지 않고 있었으며 종이 자체도 생산을 중단한 지 이미 수십 년이 지난 상태였다.

자판기 손님들은 주로 T구역 사람들이었고 현금을 사용하는 사람들이었다. 자판기는 신분증을 겸한 신용카드도 인식할 수 있게 설계되어 있었지만 T구역에서 신용카드를 사용할 수 있는 사람들은 흔치 않았다. 신용카드를 사용한다는 것은 제대로 된 일자리를 가지고 있다는 얘긴데 그런 사람이 T구역에서 살 일이 없기 때문이었다. 어쩌다가 볼일이 있어서 지나치는 사람이 아니면 그런 일은 흔치 않은 일이었다. 신용카드는 정규직한테만

발급이 되고 있었다.

　나는 시간당 500,000원의 임금을 받았다. 쌀 사료 1
인분이 500,000원이니까 시간당 밥 한 끼 값이었고 하
루 8시간을 일하면 일당 4,000,000만원의 돈을 버는 셈
이었다. 출근 할 때 안내 데스크에 있는 출근 버튼을 누
르고 교대 시에 퇴근 버튼을 누르면 기계가 자동으로
지문을 인식하여 일당은 자동으로 내 통장 계좌로 입금
되게 되어 있었다. 나는 필요할 때마다 편의점 한 쪽 구
석에 있는 현금인출기에서 현금카드로 주로 일십만 원
짜리와 오십만 원짜리 동전 그리고 오만 원짜리 동전을
인출해서 사용했다. 만 원짜리 동전도 별로 쓸 일이 없
었다. 교대 시엔 지구대와 본사의 통제소를 호출할 수
있는 무전기와 콜트사에서 만든 45구경 권총 한 자루를
인수인계 하고 나면 달리 처리해야할 일이 없었다.

　자판기 경비원이란 일이 위험 부담만 빼면 자판기 리
필원에 비해서 그리 힘든 일도 아니었지만 좀 따분한
일이긴 했다. 가끔 책을 들쳐보기도 한다지만 하루 8시
간을 편의점 안에서 자판기나 마주보고 있거나 가끔씩
나타나는 손님들을 쳐다보고 있는 일이 그리 즐거울 수
만은 없는 일이었다. 영업이익이 많이 나는 S구역의 대
형 편의점엔 영상로봇도 배치되어 있어서 그곳 자판기
경비원이나 리필원들을 즐겁게 해주고 있다는 얘기도

들었지만 T구역에선 꿈도 꿀 수 없는 일이었다. 본사에서 S구역을 제외한 나머지 구역의 자판기 수를 줄일 생각을 하고 있으며, 폐쇄할 편의점도 고려 중이라는 소문이 오래 전부터 퍼지고 있는 현실에서 언감생심 그런 걸 바랄 처지도 아니었다. T구역만 하더라도 나날이 사람들의 수가 줄어들고 있는 것이 확연히 눈에 띄었다. 3~4만 명 정도가 될 것이라던 T구역의 인구가 최근 들어서 부쩍 더 줄어든 것 같았다.

이 도시에선 늘 똥냄새가 났다. 이 도시는 항상 똥 냄새와 쓰레기 냄새 그리고 썩은 하수구 냄새로 가득했다. 나는 이것들이 삶의 냄새인지 죽음의 냄새인지 늘 구분할 수 없었다.

구 서울 시절 T구역은 대형 아파트 단지가 들어서 있는 주거지역이었다. 당시엔 T구역 인구가 50만 명이 넘었다. 그러나 지금엔 당시 인구의 10분의 1도 되지 않고 있는 실정이었다. 내가 살고 있는 '넓은 뜰 아파트' 201동만 해도 20층짜리 건물에 10라인이니까 200가구가 살던 건물이었다. 그러나 지금은 2층과 3층에 각각 다섯 가구 정도에서만이 사람의 인기척이 느껴지고 있었다. 그것도 대부분 혼자 살고 있을 것을 감안하면 10명 정도가 그 넓은 아파트에 살고 있다는 얘기였다. 넓은 뜰 아파트 단지가 원래 1만 가구였으니까 이런 식이라면 현재 이 넓은 아파트 단지에 500명 정도의 사람이 살고 있다는 계산이 나왔다. 전국의 총인구는 약 삼백만 명 정도가 되는 것으로 통계청에서 발표한 적이 있었다. 그것도 오래 전의 일이었다. 인구가 이렇게까지 급감한 것은 구 서울 시절 중앙정부의 분배 정책이 실패한 탓이었다.

실업률이 10%를 넘고 있을 때 사람들은 정부의 적극적인 일자리 나누기와 분배 시스템의 도입을 원했었다. 주 4일제나 3일제 근무를 통한 일자리 나누기, 실업수당의 전면 무상 지급, 중소기업의 육성을 통한 일자리 창출, 비정규직의 정규직화, 저소득층의 교육비와 양육비의 전액 국가 지급, 초·중·고 무상급식 등 적극적인 정부의 지원 대책과 분배 시스템의 정비를 사람들은 원했다. 하지만 정부에선 청년 인턴제 실시나 취로 사업 같은 단기 지원 사업이나 비정규직 일자리의 확장과 배급에만 신경을 썼다. 더군다나 기업과 금융시장의 세계화를 운운하며 외자 유치에만 열을 올리더니 외국 자본에게 넘어간 기업들은 단물만 빨리고 얼마 못 가서 고사했다. 무분별한 매각과 합병, 연이은 구조조정으로 실업률은 곧 70~80%가 넘기 시작했다. 실업률이 증가하자 출산율도 더 급감했다. 35세 정도였던 초혼 연령은 40

대, 조금 지나자 다시 50대 이상이 되더니 결혼이란 말
자체가 점차 사라져갔다. 여성단체에선 그보다 앞서서
출산 파업을 통한 대정부, 대기업 투쟁을 선언했다. 출
산 인구의 감소와 자살율의 급상승은 오천만 명이 넘던
인구를 구 서울 말기엔 삼천만 명 수준으로 급감시켰다.
그리고 다시 일천만 명으로 줄어드는 덴 그리 많은 시
간이 필요치 않았다. 대다수의 실업자들은 도시 빈민으
로 전락했고, 빈민으로 전락한 시민들은 생태에너지 시
대로의 전환에 동참할 경제적 여력이 없었다. 화석연료
에너지에 맞게 설계된 그들의 집과 자동차, 그리고 모든
생존 환경은 화석 연료가 바닥이 나는 동시에 파멸할
수밖에 없는 상황에 직면했다. 구 서울 시절 말기에 히
로시마 원전 사고에도 불구하고 정부는 잘못된 판단으
로 대체 에너지로 원자력을 선택해서 전국에 원전을 50
여 개나 새로 건설했다. 하지만 그 후 일본열도에서 시
작된 강진의 여파가 한반도로 밀려들면서 방사능이 누
출되는 사고가 수차례 반복되면서 국토는 삽시간에 황
폐화되었다. 살아남은 인구의 반이 방사능에 오염되어
시름시름 앓다가 죽어갔다. 엎친 데 덮친 격으로 신종
플루와 사스, 조류독감, 구제역, 결핵 등 각종 질병으로
인간과 동물들이 죽어나갔다. 우리 부모도 그 때 죽었
다. 병명조차 몰랐다. 알았어도 별 수 없는 일이었다.

내 나이 아홉 살 때 일이었다. 은행원이었던 아버지가 미리 사서 집안 금고에 놓아두었던 금이 아니었다면 그 이후의 내 삶도 없었을 거였다. 아버지의 금은 내가 예술학교를 졸업할 때까지 요긴하게 쓰였다.

구 서울 시절에 지어진 아파트 단지 지상 주차장엔 갈라진 아스팔트 틈 사이로 잡풀이 우거져 있었고 관리되지 않은 가로수들과 정원수들이 엉켜 있어서 밀림을 방불케 하고 있었다. 거기다가 기름을 구하지 못해서 굴릴 수 없는 차들은 지상과 지하 주차장에 폐차처럼 다 버려져 있었다.

R구역 사람들은 수소차를 타고 다녔다. 주행모드에서 언제든지 비행모드로 바꿀 수 있는 자동차—비행기 겸용 차였다. 구 서울 말기에 R구역이나 S구역으로 옮겨갈 수 있는 사람들은 다 옮겨갔고 그럴 수 없는 사람들은 집과 차를 버리고 어디론가 사라졌거나 대부분 번식도 못한 채 차츰차츰 죽어나갔다. 임대아파트에 살던 사람들이 제일 먼저 죽거나 사라졌다. 최후의 발악으로 자판기를 향해 달려들던 사람들은 경비원들과 경비대의 총에 맞아 죽었다. 죽은 시체들은 다행히 지구대에서 나온 환경미화원들에 의해서 그 자리에서 소각되어 교외에 뿌려져왔다. 전기마저 끊기는 밤이면 아파트 단지는 폐허 그 자체였다.

넓은 뜰 아파트 201동 203호가 내가 살고 있는 집이었다. 할아버지가 아버지에게 물려주고 또 우리 아버지가 살다가 내게 물려주고 간 집이었다. 다행히 편의점이 있는 204동 건물과는 200여 미터 정도밖에 떨어져 있지 않았다. 204호엔 T구역 편의점 리필원인 불랑카김이 살고 있었으며, 바로 위층인 303호엔 T구역에서 S구역으로 근무지를 옮겨간 환경미화원 뚜엔이 살고 있었다. 둘 다 임대 아파트에서 살던 사람들이었다. 여기저기 빈집이 늘어나자 좀 넓은 지금의 아파트로 옮겨온 것이었다. 운이 좋은 사람들이었다. 똥 냄새는 여전했다.

내가 녀석을 처음 보게 된 그 다음날, 나는 여느 때와 마찬가지로 일을 끝내고 자판기에서 쌀 사료 1인분과 내가 제일 좋아하는 살구 건과 1개 그리고 맥주 1캔과 생수 1병을 뽑아서 집으로 돌아왔다. 근무 중인 18시쯤 컵라면을 하나 먹은 것이 다였기 때문에 돌아올 땐 배가 몹시 고팠다. 그날 나는 사백만 원을 벌었고 쌀 사료 1인분 500,000원, 살구 건과 1개 600,000원, 맥주 1캔 1,000,000원, 500밀리 생수 1병에 1,100,000원, 그리고 근무 중 먹은 라면 값 500,000원 등 총 3,200,000원을 쓰고 300,000의 돈을 남겼다. 그래도 남는 장사였다. 만약을 위해서 돈을 조금씩 모아나가야 했지만 그것이 그리 쉬운 일은 아니었다. 하루 세끼를 먹고, 먹고 싶은 건과나 음료수를 마시게 되면 그날 번 돈은 그 날로 다 날아가는 형편이었다. 자판기에서 팔고 있는 식품과 음료는 최소가 400,000원이었다.[33] 자판기 회사에서 폭리를 취하고 있었지만 어쩔 수가 없었다. 그나마 회사에 선 인건비와 시설비 그리고 에너지 사용료를 제외하고 나면 남는 것이 없다고 S구역을 제외한 전 지역에서 자판기를 철수하겠다는 말을 시도 때도 없이 흘리고 있었다. 기타 구역의 자판기 수를 줄이고 S구역의 자판기 수를 늘일 생각을 하고 있었다.

R구역엔 자판기 같은 건 필요치 않았다. 필요한 것은 모두 영업장이나 공장에서 집으로 직접 배달될 수 있도록 전용 엘리베이터와 에스컬레이터 통로가 설치되어 있었다. 그리고 그들은 자판기 음식 같은 건 입에도 대지 않았다. 그들에게 자판기 음식은 쓰레기였다.

휴먼-로봇 이원집정부제 형태로 존재하고 있는 중앙정부에선 R구역과 S구역을 제외한 나머지 지구를 폐쇄하는 동시에 텅 비어 가는 건물들을 철거하고 나머지

---

33) 자판기 가격표(1인분 각 0.3kg기준):료-500,000원, 보리사료-450,000원, 옥수수사료-400,000원, 고구마-600,000원, 감자-550,000원, 콩-350,000원, 사과건과-500,000원, 바나나건과-450,000원, 파인애플건과-400,000원, 자두건과-550,000원, 미국산소육포(자판기엔 한국산 없음)-900,000원, 돼지육포-750,000원, 오리육포-600,000원, 닭육포-550,000원, 컵라면-500,000원, 생수-1,100,000원.(500㎖), 기타 옷과 잡화류는 최소 300,000원에서 최고 5,000,000원까지.

사람들을 한 곳으로 모으는 문제로 고심하고 있었다. 정부 권력의 향배는 인간들에게서 점차 로봇에게로 향하고 있었다. 로봇들에게 인간은 에너지만 낭비하고 있는 비효율적인 유한한 존재들이었다. 그들 입장에서 인간들의 거주지는 철거하자니 철거 비용이 문제고, 그냥 놔두자니 미관상 문제인 골칫거리에 불과했다. 서울을 떠난 사람들이 오염된 야생에서 어떻게 살고 있느냐는 아예 그들의 관심 밖이었다. 비정규직 일자리마저 구하지 못해서 기초적인 음식물조차 구할 수 없는 사람들은 굶어 죽거나 서울을 떠나야만 했다. 서울을 벗어나면 오염된 토양과 강물이 기다리고 있었지만 그나마 그곳에서 원시적인 노동에 의존하여 재배한 농작물로 목숨을 연장할 순 있었다. 그렇지만 오염된 토양과 물로 인하여 그곳에서 자란 농작물들은 각종 질병 유발의 원인이 되고 있었다. 그거라도 먹어야하는 사람들은 잠시 생명을 연장할 수는 있었으나 각종 질병에 시달리며 더 고통스럽게 죽어가고 있었다. 하지만 R구역 사람들이나 정부의 관료로봇들에게 그런 건 남의 나라 얘기였다. 서울 교외에 살고 있는 인간들의 생태환경 조사를 위한 프로젝트의 연구비 책정은 로봇이 다수를 차지하고 있는 국회에서 번번이 거부당했다.

R구역은 상위 1% 정도가 살고 있는 로얄지구였다. 똥

냄새가 나지 않는 유일한 지역이었다. 이천만 명이 넘었던 수도권의 인구는 현재 일백만 명이 채 되지 않는 것으로 추산하고 있다. R구역엔 3만 명 정도가 몰려 있으며 S구역에 30만 명 그리고 나머지 24개 구역에 총 60만여 명 정도가 흩어져 있는 것으로 알려져 있었다. 구서울의 위성 도시들에선 이젠 사람의 흔적조차 찾아보기가 힘들다고 했다.

R구역엔 구 서울 시절의 정치인과 기업인 후손, 그리고 그 기업에 소속된 소수의 연구원과 공무원, 구 서울 시절 부동산 투기로 돈을 모았던 자들의 후손, 성형외과 의사나 변호사의 후손, 학원 경영자 그리고 방송관계자와 연예인 및 스포츠 스타들과 관료로봇들이 거대한 쌍둥이 타워팰리스에서 귀족처럼 살고 있었다. 그리고 엄격히 선발된 주방장과 정원사, 가사 도우미들이 출퇴근 형식으로 R구역에 드나들며 살고 있었다.

이곳에 드나드는 주방장이나 정원사, 가사 도우미들은 모두 종합예술학교 요리과나 조경과, 가정과를 졸업한 수재들로서 보통 다섯 개 이상의 박사학위를 가지고 있는 자들이었다. 그리고 10개국 이상의 요리와 언어, 문화에 정통한 전문가들이었다. R구역 사람들이 먹는 콩나물을 다듬기 위해선 최소한 콩이나 콩나물 육성 관련 석사학위가 3개 이상 필요했으며, 삼겹살이라도 구우려면 돼지 도축사나 해부학에 관한 박사학위가 2개 이상, 기타 부위 관련 석사학위가 기본적으로 4개 이상 필요 했다. 석사 학위만 소지한 자는 삼겹살을 구경도 할 수 없었다. 잘해야 앞다리살이나 뒷다리살 정도나 만져볼 수 있으면 다행이었다. 그런데 이것도 최근엔 좀 더 세 부적인 부위별로 학위를 요구하는 추세라 갈수록 R구역 주방에서 일하기가 힘들어지고 있었다. R구역 사람들이 즐겨먹는 고래 고기를 요리하기 위해선 고래 관련 박사 학위만 적어도 3개 이상은 필요했다. R구역에 드나들며 일하는 주방장, 정원사, 가사 도우미들은 주로 그 옆의 경제특구인 S구역에서 살고 있었다. S구역은 로봇들이 상권을 장악한 경제특구였다. R구역을 드나들며 일하는 S구역에 사는 사람들은 보통 5개 이상의 박사 학위와 10개 이상의 석사 학위를 가지고 있었다.

R구역 정원사가 꿈이었던 나는 오백 삼십여 차례의 시 험과 면접을 치렀지만 결국 낙방하여 T구역에서 자판기 경비원 생활을 하고 있었다. 마지막 시험에선 최종 면접 까지 갔으나 동성애자와 '네오헤르마프로디토스'[34]를

---

[34] 네오헤르마디토스들은 남자도 아니며 여자도 아니다. 그들은 게이도 아니고 레즈비언도 아니다. 그러나 동시에 그들은 남자이며 여자이고 게이이며 레즈비언이다. 남자의 성기를, 여자의 질과 유방을 한 몸에 가지고 있는 존재. 중성적인 얼굴과 감수성을 가진 존재. 강하면서 부드러운 존재. 불과 물을 동시에 가진 존재인 그들은 그 누구와도 사랑할 준비가 되어 있는 사람들이다. 이상은 김언수의 『캐비닛』(문학동네, 2006), p. 192.

구분하지 못해서 실격된 것이 못내 아쉬웠다. 말로만 들었지 그런 인간이 정말 R구역에 있으리라곤 상상도 하지 못했었다. R구역엔 없는 것이 없다는 사실을 잠시 잊은 탓이었다. 학원에 갈 돈이 없어서 박사 학위 네 개와 석사 학위 여섯 개밖에 따지 못했던 것도 결과적으로 경쟁자들을 물리치지 못한 이유 중 하나였다. 결과적으론 평소에 스펙을 제대로 쌓지 못한 내 잘못이었다.

한때 전국적으로 400개가 넘었던 대학은 구 서울 말기에 대졸 실업자의 증가와 대학 무용론의 확산, 천문학적인 등록금 그리고 급격한 인구의 감소로 전부 문을 닫고 현재는 S구역에 두 개의 대학만이 박물관처럼 남아 있었다.

R구역 사람들은 대학 같은 건 신경도 쓰지 않고 있었다. 그들은 3년의 초등 교육과정을 통해서 컴퓨터 주문어와 명령어만 익히고 나면 더 이상의 학교 교육은 받지 않았다. 한때 그들이 목을 맸던 영어도 지금은 한 마디도 하지 못했다. 모든 건 가사 도우미들이나 통역 로봇들이 알아서 해결해주었기 때문에 돈 많은 그들이 굳이 배울 필요가 없었다. 그들에게 필요한 건 돈을 쓸 수 있는 능력과 적절한 주문어와 명령어의 구사 능력이었다.

학위에 목을 매는 인간들은 R구역이나 S구역으로 진입하려는 기타 구역의 인간들뿐이었다. 학력은 루저들에게만 문제가 될 뿐이었다. 석사나 박사 학위는 S구역의 로봇학원에서 받았다. 구 서울 시절에 대학에서 남발한 학위로 대학의 학위는 더 이상 희소가치도 경제적 가치도 없었기 때문에 대학은 학위 수여 기능을 포기한 지 오래되었다. 당연히 논문심사도 로봇들이 하고 있었다. 학원의 교수로봇들은 표절한 논문이나 짜깁기한 논문들을 30초 안에 판별해내고 있었다. 인간이 로봇의 눈마저 속일 수는 없었다.

최종합격자에 비해 S지구 인턴 체험이 한 가지 항목에서 모자랐던 것도 내 낙방에 영향을 미쳤을 것 같았다. 번지점프 경험도 487회로 최종 합격자가 488회였던 것을 생각하면 한두 번 더 했었어야 했다. 트리플 악셀도 3회 연속은 기본인데 2회 반 정도 밖에 하지 못했던 것도 경쟁자들에 비해서 상대적으로 취약했던 부분이었다. 좀 더 열심히 스펙을 쌓는데 신경을 썼어야만 했다. 돈도 밥도 되지 않는 종이책을 읽느라 쓸데없이 시간을 소비한 것이 후회가 됐다. 다 내 불찰이었다.

청계천을 중심으로 사방 사킬로미터인 R구역의 외곽엔 두께 3미터, 높이 5미터의 콘크리트 바리케이트가 쳐져 있었고, 그 바리케이트 위에는 50미터 간격으로 망루가 설치되어 있었다. 그 망루마다엔 각각 30명의 경비대가 배치되어 있었다. 그 경비대는 R구역민들로부터 돈을 받는 자치경비대였으나 중앙정부의 경비대보다 규모나 대우 면에서 훨씬 월등했다. 비록 그들도 비정규직이었으나 기타 구역에 살고 있는 사람들 모두가 선망하는 직업이었다. 따라서 선발규정이 무척 엄격해서 박사학위를 다섯 개나 가지고 있고 12개 국어를 능수능란하게 구사하며, 태권도 4단, 검도 3단, 합기도 5단, 유도 3단, 가라데 3단의 블랑카김도 이주 노동자 후손이라는 이유로 경비대 사관생도 선발과정에서 미역국을 먹고 결국 자판기 리필원이 된 것이었다. 자판기 경비원이나 리필원들도 박사학위 한두 개쯤은 없는 사람이 없는 시대이긴 했다. 하지만 박사학위 한두 개 정도론 어디 가서 명함도 내밀지 못했다. 대체로 무식한 사람 취급을 받았으며 그 자체가 루저의 상징일 뿐이었다.

R구역의 북서쪽엔 중앙정부의 중요 산업시설이 밀집되어 있었다. 증류 물공장을 비롯한 농수산 식품 생산공장, 피복 생산공장, 전자로봇 생산공장, 방송 및 영상공장, 인류 재생산 공장과 병원이 모두 R구역에 있었다.

구 서울 말기에 방사능 오염으로 인하여 기존의 농경지에서 기존의 농법으론 농산물을 생산할 수가 없게 되었다. 이래저래 붕괴되어 가던 농촌 경제는 자연히 붕괴되고 자연스럽게 농업도 대기업의 공장 재배 방식으로 바뀌었다. 시골에서 주로 농사를 짓고 있던 다문화 가정

출신의 이주자 후손들은 국외로 추방되거나 도시로 흘러 들어가 새 직업을 찾아야만 했다. 20세기말 오백 만 원에 팔려온 다문화 가정의 후손인 S지구의 환경미화원 뚜엔도 그런 사람들의 후손 중 하나였다.

농수산 식품 생산공장에선 수경재배를 통해서 각종 곡식과 과일을 생산하고 있었다. 수산물은 365층짜리 건물 자체가 수족관인 공장과 가로·세로 길이가 1㎞, 깊이 300 인 실내수영장에서 양식을 했고 육류 고기는 복제기술을 이용하여 늘 푸른 빌딩 공장에서 대량 생산을 하고 있었다. 수족관에선 바다에선 이미 멸종된 고래도 양식을 하고 있었다. 고래 고기는 R구역 사람들이 옛날에 구 서울 사람들이 삼겹살 먹듯이 먹고 있는 고기였다. 여기에서 생산된 신선한 식재료들은 오로지 R구역 사람들만을 위한 것이었다. R구역 사람들은 자신들이 먹고 싶은 것들을 한 달 단위로 농수산 식품 생산공장에 미리 주문을 했다. 그러면 공장에서 거기에 맞춰 필요한 곡식과 과일, 그리고 육고기와 물고기를 속성 재배하거나 복제했다. 이 공장에선 560종의 곡류와 맘모스, 코끼리, 공룡 등을 포함한 356종의 육류 그리고 고래나 물개, 바다코끼리 등을 포함하여 456종의 물고기를 복제할 수 있었다. 펭귄이나 반달곰 발바닥 고기, 오랑우탄 새끼발가락 고기도 R구역 사람들이 가끔 별식으로 즐기는 요리였다.

이들이 소비하고 남는 것과 쓰레기들은 사료나 건과
류, 육포 형태로 가공하여 기타 구역의 편의점 업자들에
게 공급하고 있었다. 하지만 고래 육포 같은 것은 구경
도 할 수 없었다. 그런 건 이미 R구역을 드나드는 사람
들의 일차 표적이 되고 있기 때문이었다. R구역으로 진
입하지 못한 사람들이 S구역에라도 들어가서 살려고 하
는 것도 옆에 있으면서 그런 떡고물이라도 주어먹으려
는 욕망 때문이었다. 기타 구역의 자판기 메뉴판엔 당연
히 고래 항목이 없었다. 기타 구역의 자판기엔 보통 품
목당 다섯 개 안팎의 곡류와 육류, 물고기 그리고 과일
로 가공한 음식물만이 공급되고 있었다. 가끔 잡곡, 잡
육, 잡과 항목이 있는 자판기들이 있었다. 이들 자판기
에 공급되는 것들은 남은 곡식이나 고기, 과일을 한군데
모아서 갈아 만든 곡식이나 고기, 과일들이었다. 하지만
그것도 흔하지는 않았다. 공급이 달려서 품절 상태인 경
우가 많았다.

다음날 새벽, 그 녀석을 다시 본 충격에 나는 잠시 배
고픈 것도 잊고 있었다. 사방에 똥 냄새는 여전했고 전
기는 끊겨 있었다. 편의점엔 태양광 충전 발전설비가 되
어 있어서 불이 들어오고 있었지만 아파트 단지 내에는

캄캄절벽이었다. 누군가가 아파트 단지 중앙 통로에 주택 안에서 뜯어낸 폐가구로 불을 놓지 않았다면 집조차 찾아 들어가기가 힘들었을 것이었다. 겨우겨우 201동 입구를 찾아서 내 집 출입문을 열고 들어간 나는 신발장 옆에 놓여 있는 등잔불에 불을 붙였다. 폐차에서 모아놓은 오일을 사기 컵에 모아서 헝겊 심지로 만든 등잔을 나도 두어 개 가지고 있었다. 하나는 출입구에 놓아두고 있었고 또 하나는 침실 겸 서재로 쓰고 있는 내 방의 책상 위에 놓아두고 있었다. 노트북 컴퓨터가 놓여 있는 책상이었다. 다행히 일회용 부싯돌 라이터를 여러 개 확보해놓은 상태라서 내 방에 들어갈 땐 라이터를 먼저 켰다. 그날도 라이터를 켜서 책상 위의 등잔에 불을 붙이려고 다가가는 순간 컴퓨터 화면의 빛에 반사된 녀석의 모습을 보게 된 것이었다. 순간 나는 들고 있던 라이터를 떨어뜨렸고, 다시 라이터로 불을 켜서 등잔에 불을 붙였을 때에 녀석은 이미 모습을 감춘 후였다. 컴퓨터 화면에선 드래곤이 불을 뿜고 있었다. 나는 서둘러 컴퓨터를 껐다.

놀란 가슴이 진정이 되었을 때 나는 다시 배고픔이 밀려오는 것을 느꼈다. 나는 퇴근하면서 자판기에서 뽑아온 쌀 사료를 반 정도 덜어서 씹어 먹었다. 반은 뒀다가 내일 낮에 출근하기 전에 먹을 생각이었다. 생수병을 따는 대신 맥주 캔을 땄다. 어차피 목을 축일 수 있는 건 마찬가지였지만 물보다 맥주 한 모금이 더 간절했다. 맥주 맛은 수십 년 동안 변함이 없었다. 뭔가 빠진 듯한 싱거운 맛이었다. R구역 밖으로 나가는 자판기용 맥주는 신제품이 출시되지 않은 지 벌써 50년이 넘었다.

밖에 피어놓았던 불도 다 꺼져가는지 밖은 캄캄했다. 달도 없는 하늘엔 별들만이 반짝이고 있었다. 개중에 가장 빛나는 몇 개는 인공위성이었다.

말린 살구를 씹었다. 오랜만에 느껴보는 달콤함이었다. 그냥 그대로 잠들고 싶었다. 조용히 잠들 듯이 죽을 수만 있다면 그것보다 더 좋을 것은 없을 듯했다. 사는 것도 힘들었지만 죽는 것도 쉽지 않은 세상이었다. 벌써 새벽 3시였다. 어디선가 스며들어오고 있는 똥 냄새가 훨씬 더 자극적이었다.

새벽 5시쯤 나는 배가 아파서 잠에서 깼다. 똥이 쏟아져 내릴 것만 같아서 서둘러 문을 박차고 나가 4층으로 올라갔다. 비상구 옆에 있는 집의 현관문을 밀치고 들어갔다. 401호였다. 거실엔 이미 여기저기 똥 무더기들이 쌓여 있었다. 나는 그런 것에 신경 쓸 겨를도 없이 바지를 내리고 내 몸 안의 배설물들을 쏟아냈다. 설사였다. 새벽에 먹은 쌀 사료나 말린 살구에 문제가 있었던 것이 틀림없었다. 유통기한이 넘어서 부패한 것이었거나 건조 과정에서 문제가 생긴 것임에 틀림없었다. 하지만 이런 일로 자판기 회사에 배상을 요구하거나 항의를 할 수도 없었다. 그랬다간 쥐도 새도 모르게 교외로 추방되거나 어디론가 사라지게 마련이었다. 의약품 자판기에서 적당히 항생제나 활명수 같은 종합 설사약을 빼먹고 알아서 자기 몸을 관리하는 수밖에 없었다. 추가로 돈이 드는 일이었지만 할 수 없는 일이었다. 어쩌면 자판기 회사에서 의약품을 팔아먹기 위해서 의도적으로 변질된 사료나 음식물들을 섞어 팔고 있는지도 몰랐다. 몸이 아파도 R이나 S구역에 있는 로봇 병원엔 진료비가 비싸서 갈 수도 없었다. 요행히 로봇 병원에 갈 수 있다고 하더라도 인간들은 대부분 동물과에서 진료를 받았다. 일찍이 동물병원을 흡수한 병원 측은 돈이 되지 않는 인간들을 대부분 동물과에서 다른 동물들과 함께 진료를 하도록 했다. 고가의 인공 장기를 하나라도 장착하지 않은 인간들은 돈이 되지 않는 인간들이었기 때문에 가축 취급을 받았다.

계단을 내려오는데 다리가 후달렸다. 왜 밖으로 나가지 않고 위층으로 뛰어 올라 갔는지 모를 일이었다. 단수가 된 지 삼십 년이 지난 아파트에 살고 있는 사람들은 똥이나 오줌을 빈집에 들어가 해결하거나 주차장 혹

은 정원수와 가로수가 엉켜있는 아파트 덤불 속에 들어
가 적당히 해결했다. 나는 주로 밖에서 해결하는 편이었
는데 그날만은 웬일로 위층으로 뛰어올라갔던 것이다.
부득이 빈집에서 해결하더라도 10층 이상 위층으로 올
라가거나 옥상에서 볼일을 봤었다. 하지만 그날은 그렇
게 높은 데까지 걸어 올라갈 수 있을 만큼 한가하지 않
았다. 사람들이 사는 경우 걸어서 올라 다니기 편한
2~3층에 몰려 있었기 때문에 바로 위층이나 지하에서
볼일을 볼 경우 그 냄새를 감당하기 어려웠다. 그럼에도
불구하고 바로 위층에서 볼 일을 본 흔적이 많은 걸 보
면 최근에 나 말고도 다른 사람들이 먹은 음식에도 비
슷한 문제가 있지 않았나 하는 생각이 들었다. 하지만
그건 그냥 추측에 불과했다. 다른 동이나 구역에 사는 사
람들이 오다가다 그냥 드나들며 자기들 편한 대로 볼 일
을 본 것일 수도 있었다. 건물 안엔 똥 냄새가 가득했다.
  대수롭지 않게 생각했던 설사는 생각보다 문제가 심각
한 듯했다. 첫 번째 설사 이후 한번은 다시 위층으로,
다시 또 한 번은 집밖으로 뛰쳐나가서 엉덩이를 깠어야
할 만큼 심각했다. 집에 비상약이 남아 있을 리가 없었
다. 겨우 200미터 떨어진 자판기 편의점으로 달려갈 힘
마저 없었다. 블랑카김은 새벽 근무였는지 옆집에선 아
무런 기척도 들리지 않았다. 나는 아무런 통신 수단도

가지고 있지 못했다. 편의점에서 사용하는 지구대 연락용 무전기는 근무 시간에만 편의점에서 이용할 수 있었다. 지구대에 근무하는 행정 요원들이나 경비대원, 119 대원들은 호출기들을 가지고 있었지만 정작 지역 주민들에겐 그런 것이 없었다. 통신 요금을 지불할 능력이 되지 않는 사람들은 구 서울 시절의 스마트폰을 그냥 장식품으로 가지고 있을 뿐이었다. 스마트폰은 과거 영광의 상징물일 뿐이었다. 띄엄띄엄 있던 공중전화기 부스가 소변기가 된 지는 이미 반세기도 전이었다. 광화문 앞에 있던 공중전화기 부스는 지금 국립중앙박물관에 전시되어 있었다. 자판기 회사에서도 경비원들이나 리필원이 1시간 이상 연락이 되지 않으면 그냥 사라졌거나 죽었으려니 생각하고 다른 사람을 채용하면 그만이었다. 아쉬울 것이 없는 그들은 직원들에게 통신기기를 배급하거나 통신비를 지불할 필요성을 느끼지 못하고 있었다. 어차피 회사 입장에선 경비원이나 리필원들도 언제든지 리필이 가능한 소모품에 불과했다.

잠시 기절했었던 것 같았다. 현관문을 두드리는 소리에 눈을 떴다. 방문 쪽으로 눈을 돌리려다가 책상 위에서 뭔가 나는 소리에 그쪽으로 겨우 눈을 돌렸다. 어제 새벽에 봤던 그 녀석이었다. 순간적으로 나는 힘을 모아서 베고 있던 쿠션을 놈을 향해 던졌다. 쿠션은 정통으로 내 노트북 화면을 때렸다. 녀석의 날개가 퍼덕이는 소리가 들렸다. 나도 아까워서 켜지 못하고 있는 노트북을 함부로 컨 것에 대한 나의 보복이었다. 그때 다시 현관문을 세게 두드리는 소리에 쿠션 밑을 확인하지도 못하고 현관문을 열기 위해 방을 나갔다. 그제야 내 몸이 정상이 아니라는 사실을 다시 확인했다.

"어떻게 된 거야? 출근도 하지 않고?"

옆집에 사는 자판기 리필원인 블랑카김이었다. 복도엔 똥냄새가 가득했다. 갈수록 냄새가 심해지고 있었다. 어느 것이 내가 싼 똥냄새인지 구분할 수 없었다.

'열려있는 빈집 문들을 다 닫아놔야겠어. 사람들이 살지 않는 새 아파트를 찾아보던가.'

나는 속으로 생각했다. 하지만 그런 아파트가 근처에 있을 리가 없다는 사실은 나도 잘 알고 있었다.

"어? 지금 몇 신데?"

"18시! 출근 시간이 한 시간이나 지났어. 무슨 일이야?"

블랑카김이 다시 물었다. 순간 내 오른쪽 다리가 꺾이며 내 몸이 오른쪽으로 기울었다. 블랑카김이 내 몸을 잡아서 부축했다. 17시부터 근무하려면 적어도 16시 30분에는 일어났어야 했다. 물휴지로 얼굴과 손을 대충 씻

고 쌀 사료를 먹고 편의점까지 가려면 30분의 여유는
있어야 했다. 그런데 두 시간이 지날 때까지 시간 가는
줄 모르고 자고 있었던 것이었다. 일요일이었지만 주 7
일제 근무라 일을 나가야만 했었다. 쉬는 날이 없었다.
일을 그만두면 쭉 쉴 수 있을 텐데 휴일 같은 것이 무
슨 필요가 있느냐는 것이 본부에 있는 업주의 생각이었
다. 일할 사람은 많으니 쉬고 싶으면 그냥 그만두라는
협박이나 다름없었다. 할 수 없이 쫓겨나거나 일을 그만
둘 때까지 쉬지 않고 일을 하는 수밖에 없었다. 그렇지
않으면 그나마 그 잘난 일자리마저 잃어버릴 수밖에 없
었다.

"새벽에 설사를 여러 번 했더니 아마도 탈진을 했었나
봐. 아무래도 어제 먹은 쌀 사료나 살구에 문제가 있었
던 것 같아."

나는 겨우 대답을 했다.

"큰일이다. 요즘 그런 사람들이 몇 명 있어. 우리 지구
리필원 중에도 그런 사람이 있어서 어제 일을 못했어.
결국 짤렸지. 자판기 음식에 뭔가 문제가 있는 것 같은
데 어디 가서 하소연 할 때도 없고. 쌀 사료랑 살구라고
했나? 당분간 그건 피해야겠군."

블랑카김이 말했다.

"정말 큰일이네, 일을 나가지 못해서. 나도 결국 이렇

게 짤리는 거네. 한 시간이 넘었으니 벌써 내 자리에 다른 사람이 와 있겠는데."

푸념조로 내가 말했다.

"내가 혹시 사정이 어떤지 몰라서 T-2-1에게 집에 가서 살펴보고 올 때까지 퇴근하지 말고 자리를 지켜달라고 했어. 다행히 T-2-1이 그러겠다고 하더라고."

T-2-1은 내 앞 타임에 일하는 사람이었다. 할머니가 캄보디아에서 시집 온 여자였었다고 했다. 그도 환경미화원인 뚜엔과 같은 다문화 가정 이주 혼혈 3세였다. 피곤할 텐데 그가 사정을 이해해주니 고마웠다. 근무가 끝나면 그는 다섯 번째 박사학위를 받기 위해서 S구역의 로봇학원으로 가곤했다. 그도 뚜엔처럼 조금이라도 빨리 근무지를 S구역으로 옮겨가는 것이 꿈인 사람이었다. 지난해에 총각무 김치 담그는 방법 연구로 네 번째 박사 학위를 받은 그는 다시 열무김치 담그는 방법에 대한 연구로 다섯 번째 학위 논문을 준비 중이었다. 그런 그가 술 한 잔 같이 해본 적이 없는 나를 위해서 학원을 포기해가며 자리를 지키고 있어준다는 건 대단한 일이었다. 그 동안 경제적인 이유로 자판기에서 술 한 병 꺼내 함께 마시지 못한 것이 후회됐다. 근무 교대 시간에 마음만 먹었다면 얼마든지 그럴 수도 있었는데 말이다.

"안 되겠다. 집에 약도 없지? 내가 다시 가서 자판기에서 약 좀 빼올게. 잠시만 들어가서 기다려."

블랑카김이 서둘러 문을 닫고 나갔다. 자기 일처럼 생각해주는 그가 고마웠다. 오랜만에 맡아보는 사람 냄새였다. 이주자 후손들에겐 아직도 인간적인 유전자의 뭔가가 남아 있었다. 원주민 혈통들에게선 느낄 수 없는 사람 냄새였다. 학위가 하나라도 더 있는 인간이라 어디가 달라도 다른 것 같기도 했다.

후들거리는 다리를 이끌고 겨우 방으로 돌아온 나는 침대에 누우려다가 책상 위에 던져져 있는 쿠션에 눈길이 갔다. 혹시나 하는 생각에 다가가 쿠션을 들자 그 밑에 녀석이 깔려 있었다. 쿠션에 맞아 기절을 한 것인지 꼼짝도 하지 않고 있었다. 온기가 남아 있는 것으로 봐선 죽은 것 같지는 않았다. 볼수록 희한하게 생긴 녀석이었다. 그 얼굴만 빼면 새로운 바퀴벌레의 변종처럼 보였다. 나는 일단 녀석의 등에 폭 2센티 짜리 스카치테이프를 붙여서 가운데 서랍을 열고 놈의 몸뚱이를 서랍 안의 한쪽 바닥에 붙여놓았다. 그러고 나서 보이지 않게 서랍을 닫았.

블랑카김이 다시 돌아왔을 때 내 온몸에선 식은땀이 흘렀다. 갑자기 한기가 몰려와서 침낭을 두 개나 뒤집어

쓰고도 추워서 견딜 수가 없었다. 난방이 전혀 되지 않는 아파트의 벽과 바닥이 오히려 사람의 온기 신세를 지려고 하는 듯했다. 수십 년 전 구 서울 시대에 지어진 아파트들은 가스 공급이 끊기면서 겨울이면 냉동고가 되어가고 있었다. 가로 세로 50cm짜리 집광판만 하나 구해서 붙여도 우리 집 난방 정도는 해결될 문제였지만 50㎝짜리 집광판 하나가 500억 원이 넘었다. 부동산 가격이 바닥으로 떨어져 있는 T구역의 아파트 한 동을 다 팔아도 집광판 하나를 구할 수 없는 형편이었다.

R구역의 주택이나 아파트들은 구 서울 시대 말기에 모두 친환경 주택으로 재건축했다. 화석연료가 바닥을 보이기 시작하자 R구역 사람들은 서둘러 자신들의 주거공간을 개조하기 시작했다. R구역을 빙 둘러싼 바리케이트도 그때 만들어졌다. 태양광 발전 설비와 지열 난방, 풍력, 수소에너지 등 온갖 대체 에너지 생산 방식을 도입하여 자신들의 주거 공간과 R구역 전체를 화석연료를 사용하지 않고도 안정적으로 에너지를 확보할 수 있게 했다. 특별 경제구역인 S구역까지 그 영향을 받아서 부분적으로 재건축과 재개발을 했으나 나머지 구역은 재개발에서 온전히 제외되었다. 중앙정부의 예산은 턱없이 부족했고 R구역의 재정은 R구역만을 위해서 사용하기엔 충분했지만 다른 구역을 위해서 사용하기엔 부족했다.

뿐만 아니라 자기들에게 돌아올 이익이 별로 없을 것 같은 공사에 자신들의 돈이 쓰이는 것을 R구역 사람들은 결사적으로 반대했다. 그렇다고 돈이 정말 없었던 것은 아니었으나 부자들의 감세 정책으로 일관했던 중앙 정부의 정책으론 해결할 수 없는 문제였다. 대통령은 국민성금을 걷어서 공사를 시작하겠다고 했지만 국민들에겐 더 이상 걷을 수 있는 돈도 남아 있지 않았다. 중앙 정부의 대책 미흡을 탓하며 구 서울 시민들은 촛불 시위를 했지만 비상용 촛불만 동을 내고 말았다. 당시에 촛불 장사를 하던 사람들은 지금 R구역에서 따듯하게 살고 있었다.

남극에서 실어오는 기름과 가스마저 고갈되어 동이 나자 사람들은 미친 듯이 절규하다가 대통령궁이 있는 R구역으로 몰려갔지만 청계천 물을 탑재한 물대포만 날아왔다. R구역 사람들은 청계천을 무척 신성시했는데 오염된 한강에서 물을 끌어오는 대신 공기 중에서 산소와 수소를 결합하여 물을 만드는 시설을 별도로 만들어서 청계천에 물을 공급했다. 그 개수식을 한 날을 R구역 사람들은 국경일로 지정하고 R구역민들 전체가 청계천에 모여 음주가무를 하면서 그날을 기념했다. 사람들은 그날 아무하고나 현장에서 눈이 맞으면 청계천에 뛰어들어 몸을 씻은 후 집단 성행위를 했다. 10월 1일이 그날이었으니 시월제의 기원이 그랬다. 하지만 요즘 사람들은 그 유래를 잘 모르고 그날이 오면 일 년에 한번 그저 습관적으로 광분할 뿐이었다.

블랑카김이 가져다 준 약을 먹었지만 별 효과가 없는 듯했다. 블랑카김이 다시 편의점으로 돌아가서 자신이 대신 근무를 해주겠다고 했지만 내 마음이 편치 않았다. T-2-1이 늦게라도 로봇학원에 가겠다고 한 모양이었다. 근무를 마치고 쉬어야할 시간에 연장 근무를 계속한다는 것이 쉬운 일이 아니란 사실을 나도 알고 있었다. 특히 자판기 리필은 중노동이었다. 그 일을 8시간 동안 하고 나서 다시 자판기 경비를 선다는 것이 얼마나 힘든 일일지 상상이 가지 않았다. 누군가를 대신해서 그럴 수도 있다는 생각을 나는 해본 적도 없었다. 이주 노동자의 후손이나 혼혈 후손이라고 그 동안 같은 처지에 있으면서도 그들을 무시했던 내 자신이 부끄러웠다. 내 자신이 T-2-1이나 블랑카김보다 한참 부족한 인간이란 생각이 들었다. 몸이 말이 아니었지만 잠도 오지 않았다. 그때 책상 쪽에서 소리가 났다.

"살려줘!"

잠시 후 다시 그 목소리가 흘러나왔다.

"살려줘, 아빠!"

두 번째 소리에 놀라서 나는 녀석을 넣어둔 서랍 쪽을

바라봤다. 분명히 그 서랍 속에서 흘러나온 목소리였다. 해괴한 일이었다. 녀석이 사람의 얼굴을 하고 있더니 우리말까지 하고 있는 것으로밖에 생각할 수 없었다. 나 말고 방 안에 사람이라곤 없었다. 더군다나 그 좁은 책상 서랍 속에 들어가 있을 수 있는 사람은 아무도 없었다. 가까스로 다시 일어나 책상으로 다가갔다. 가운데 서랍을 열자 녀석이 고개를 쳐들었다.

"네가 살려달라고 한 거냐?"

나도 모르게 녀석에게 말을 걸었다. 녀석이 내 말을 알아들었는지 고개를 끄덕였다. 이젠 놀랍지도 않았다.

"그렇구나. 근데 그게 무슨 말이지? 아빠라니, 누구한테 하는 말이냐?"

나는 다시 주위를 둘러보며 말했다. 혹시 녀석의 동료들이 주위에 있는지 모르는 일이었다. 하지만 방 안엔 다른 사람도, 곤충도 보이지 않았다. 녀석은 한동안 나를 빤히 쳐다보기만 했다.

"나 보고 한 말이냐?"

말도 되지 않는 말이었지만 할 수 없이 내가 다시 말했다. 그러자 녀석이 다시 고개를 끄덕였다. 녀석이 나를 가지고 노는 것만 같았다. 농담을 하고 있을 기분이 아니었던 나는 파리채라도 있다면 녀석을 후려치고 싶었다. 하지만 참기로 했다. 사람의 얼굴 모양을 하고 있고, 말까지 하는 바퀴벌레라면 나의 인생 역전도 가능할 듯싶었다. 녀석을 잡아서 팔면 당장 R구역으로 이주는 못해도 태양광 발전시설이 갖춰져 있고 물도 나오는 S구역의 집 한 채 정도는 살 수 있을 것만 같았다. 녀석은 내게 떨어진 행운의 로또인지도 모르겠다는 생각이 들었다.

"무슨 생각을 하고 있는지 다 알아요."

녀석이 내 머리 속을 들여다보고 있는 것처럼 말했다. 불쾌했지만 그 정도는 참기로 했다.

"믿어지지 않겠지만 당신은 정말 내 아빠예요. 날 팔아버릴 생각은 하지 말아요."

그렇게 말하고 있는 녀석의 얼굴은 이제 능청스럽기까지 했다.

"너 참 사람을 웃기는 재주가 있구나. 결혼이란 걸 한 번도 해보지 않은 내게 무슨 아이가 있다고 아빠냐? 아니, 여자란 존재와 난 섹스란 걸 해 본 적도 없고 우리 엄마가 죽은 후엔 여자란 동물을 구경한 적도 없단다. R이나 S구역에나 가야지 여자란 인간을 구경할 수 있을걸. 차라리 S구역에 드나들고 있는 뚜엔이 니 아빠라고 하면 그런가 보다 하겠다. 그 사람은 그래도 여자란 인간들을 구경은 하고 살 테니까. 여자랑 눈만 마주쳐도 너 같은 돌연변이 같은 게 생기게 하는 기술이 나도 모르는 사이에 새로 생겼을 수도 있으니 말이야."

말도 되지 않는 녀석의 말을 듣고 있자니 더욱 더 내 몸에서 맥이 빠졌다. 나와 같은 사람에게 여자와의 섹스는 상상도 할 수 없는 일이었다. 내게 그럴 능력이 있었다면 진즉에 T구역을 떠났을 것이었다. 아직까지 T구역에 남아있는 인간들 치고 진짜 여자랑 섹스를 할 수 있는 인간은 없었다. T구역엔 여자란 게 남아있지도 않았다. R과 S구역 외엔 똑같은 상황이었다. 기타 구역들은 여자들의 서식환경이 될 수 없었다. 구 서울 말기에 살아남은 여자들은 모두 경제 특구인 S구역으로 이동했거나 죽었으며, 일부는 어디론가 사라졌다.

S구역으로 이동한 여자들은 가사 도우미나 캐디, 요리사 등이 되어 R구역을 드나들며 살고 있거나 새로 권력을 장악하기 시작한 로봇들의 시중을 들며 살고 있었다. 로봇들의 피부 광택이나 녹 제거 미용 기술을 가진 로봇 미용사들은 주로 여자들이었다. 그녀들은 그곳에서 차츰 인간보다는 로봇의 애인이나 정부가 되길 원했으며 로봇과 같은 불사의 삶을 살기를 원했다. 장기적출 수술 후 인공장기로 교체하는 성형수술이 S구역에선 흔하게 일어나고 있었다. 인공 가슴, 인공 자궁, 인공 심장, 인공 척추, 인공 관절, 인공 피부 등 인공 장기는 부의 상징이자 우월성의 상징이었다. 자연적인 육체는

그저 루저의 표상일 뿐이었다. 로봇과의 섹스가 아니면 여자들은 오르가즘을 느끼지도 못했다. 여자들은 더 이상 냄새나는 남자들의 정액을 원하지 않았다. 깔끔하고 강력한 로봇의 그것을 원했다. 여자들은 정부에 인간의 모든 배설물에서 냄새가 나지 않도록 하는 음식을 개발하거나 인간의 소화와 배설 관련 장기를 제거하고 인공 에너지 충전 장치나 저장 장치로 바꾸게 하는 법안을 하루 빨리 제정하여 시행하라고 압력을 행사하고 있었다. 여자들은 냄새나고 유한한 인간이기를 거부했다. 그런 인간의 자식을 출산하는 것도 거부했다. 구 서울 말기에 정부의 미지근한 일자리 정책과 육아, 교육 정책에 반대해 시작했던 출산 파업이 이제는 인간에 대한 혐오와 로봇에 대한 선망으로 여자들 스스로 출산을 포기하고 더 이상 인간으로 남아있기를 거부하기에 이르렀던 것이었다.

할 수 없이 정부에서는 인간종의 재생산을 위해서 인간 재생산 공장을 만들었다. 그곳에서는 남자의 정자와 여자의 난자를 시험관에서 결합하여 아기를 생산하거나 여자든 남자든 필요한 만큼 복제를 하여 인간들을 재생산하고 있었다. 구 서울 시절에 이미 가지고 있던 기술이었다. 하지만 아무나 그럴 수 있는 것은 아니었고 R 구역에 사는 사람들만이 자신들의 경제적 능력을 바탕으로 자신의 2세나 자기 자신의 복제를 주문할 수 있었다.

　R구역 사람들은 오랜 전통에 따라서 남자와 여자가 한 집에서 살기는 했으나 그들 사이에서 육체적인 섹스가 사라진 지는 이미 오래였다. 필요한 자식은 시험관 아기나 자기 복제를 통해 만들어진 2세나 또 다른 자신에게 부를 대물림 했다. 그들은 하는 섹스에서 보는 섹스로 성적 취향을 바꿨다. 마음에 드는 이성과 나란히 앉아서 자신들의 아바타가 섹스를 하는 것을 관람하는 것이 그들의 섹스였다. 물론 동성이나 다른 생명체 그리고 로봇과의 관계도 가능했다. 컴퓨터와 씹하고 싶다던 인류의 간절한 꿈은 이미 실현되고 있었다.[35] 따라서 인간들은 굳이 서로를 탐하지 않았으며 서로를 구속하지도 않았다. 한 집에 같이 사는 것은 그저 오랜 관습일 뿐이었다. R구역 사람들은 일 년에 딱 한 번 인간의 이성끼리 육체적인 섹스를 즐겼는데 그날이 바로 청계천이 개수식을 한 10월 1일이었다. 시월제의 기원에 대해서 알고 있는 사람들은 많지 않았으나 그들은 그날만 되면 급흥분하여 아무하고나 아무 데서 그 짓을 했다. 그들에게 이제 그것은 그냥 습관적인 동물적 전통이 되어 있었다.

---

35) 20세기 후반에 최영미 시인은 「Personal Computer」란 시에서 "아아 **컴-퓨-터**와 씹할 수만 있다면!"하고 간절하게 노래 한 바 있다.

"아빠는 왜 꼭 동종교배만 생각하시죠? 세상이 이미 그런 세상이 아니란 걸 잘 알고 계시잖아요? 오히려 인간들끼리 하는 섹스가 더 힘들다는 걸 알고 있으면서…."

녀석은 이미 많은 것을 알고 있는 듯했다.

"뭐, 그럼 내가 바퀴벌레하고 섹스라도 했단 말이냐?"

급 흥분한 나는 내 다리가 풀리고 있는 것도 모른 채 고함을 질렀다. 서 있기도 힘들었다. 간신히 의자에 앉았다.

"왜 자꾸 섹스만 생각하죠? 요즘 인간들은 섹스를 해서 인간을 만드나요? 저도 아빠가 섹스 같은 건 해보지도 못한 인간이란 걸 잘 알아요."

녀석이 고개를 옆으로 돌리며 말했다. 녀석의 옆엔 일회용 비닐장갑처럼 얇은 남성용 자위 장갑이 쌓여 있었다. 한동안 부지런히 장만해놓은 장갑들이었다. 잡화류 자판기에서 파는 물건들이었다. 잡화류 자판기가 다 똑같은 것은 아니어서 여러 지구의 자판기 편의점을 돌며 부지런히 사 모은 것들이었다. 남성용 자위 장갑은 그 재질에 따라 다양했다. 사슴 가죽, 돼지 가죽, 소 가죽, 코끼리 가죽, 물개 가죽, 곰 가죽, 티라노사오루스 가죽, 원숭이 가죽, 말 가죽, 뱀 가죽 등 인간이 만들어 낼 수 있는 동물의 종류만큼이나 다양했다. 남성용은 주로 암컷 동물의 가죽으로 만들었으며 자위용 장갑은 그 재질에 따라서 느낌이 달랐다. 가끔은 수컷 동물의 가죽을 원하는 남자들도 있긴 있었다. 어느 장갑을 끼고 자위를 하느냐에 따라서 마치 그 동물과 섹스를 하는 느낌을 줬기 때문에 자위에 의존할 수밖에 없는 사람들은 자신의 능력 안에서 되도록 다양한 재질의 장갑을 원했다. 실제 여자나 아바타, 그리고 로봇과의 섹스를 할 수 없는 가난한 사람들에겐 자위용 장갑이야말로 구원이었다. 하지만 자위용 장갑은 매일 매일 다른 느낌을 원하는 R구역 남자들에게도 여전히 인기였다. 똑같은 재질의 장갑에도 오른손용과 왼손용이 따로 있어서 매니아들의 선택의 폭을 넓혀주고 있었다. 가격들도 비교적 저렴한 편이어서 곡물 사료 10인분 정도의 가격이면 웬만한 자위용 장갑 한 벌을 장만할 수 있었다. 팬더곰 가죽으로 만든 장갑이 최고의 인기였는데 뇌물용으로 자주 쓰이곤 했다. 가격도 꽤 비싸서 곡물 사료 100인분의 가격과 맞먹었다. 웬만한 사람은 구경도 할 수 없었다. 나도 아직까지 껴보지 못한 장갑이었다. 그 느낌이 어떨지 인기 아이돌 혼종그룹 '이종교배시대'의 인간 '윤아'를 한때 원했던 만큼 그 느낌을 강렬하게 원했던 적도 있었다.

그러고 보니 나도 한때는 쌀 사료를 굶어가면서 돈을

절약해서 장갑을 장만하는데 혈안이 되어 있던 시절도 있었다. 하지만 그것도 다 옛날 얘기였다. 모든 게 힘에 부쳤다. 아니, 지겨웠다. 무모한 그 열정과 반복 행위가 나를 지치게 했다. 이젠 모아놓은 장갑들조차 다 처분하고 싶었다. 반값을 받고서라도 팔아서 코트디부아르어語를 가르쳐주는 로봇학원에 학원비나 내고 싶었다. 코트디부아르어는 현재 사용하는 사람이 한 사람도 없는 소멸언어였다. 언제부턴가 나는 그 말을 하고 싶었는데, 쓰는 사람이 한 사람도 없는 말을 하나 정도는 할 줄 알아야 뭔가 있어 보일 것 같았기 때문이었다. 코트디부아르어를 가르쳐 주는 강사로봇이 꽤 섹시하다는 소문도 내 관심을 자극하는 원인 중에 하나이기는 했다. 아직 나도 내 꿈을 다 접은 것은 아니었다. 인간으로 태어나서 고작 자위만 하다가 죽을 수는 없는 일이었다.

자위용 장갑에 필이 꽂히기 전에 나는 섹스돌에 미친 적도 있었다. 실제 여자처럼 만들어진 섹스 인형이었다. 서울 시절 말기에 만들어진 조금은 조잡한 인형이었는데 그런 대로 쓸 만 해서 일주일에 한 번 정도는 껴안고 잘 만했다. 성인용품점에서 누군가 사용하던 중고품을 산 것이었는데 네 번째 박사학위를 받기 위해 학원에 등록할 때 학원비를 충당하기 위해 얼굴만 알고 지내던 T-2편의점의 주류 리필원에게 팔아버렸다. 그 리필원은 아직도 그 섹스돌을 잘 사용하고 있다고 말했다. 자궁부분을 최신식 나노 세라믹 자궁으로 교체해서 질 감을 극도로 향상시켰더니 느낌이 전과는 비교도 할 수 없을 정도로 훌륭하다고 자랑을 했다. 요즘엔 나도 그 섹스돌이 그리웠다. 하지만 재결합은 어림도 없는 소리였다. 내겐 그녀를 다시 데려올 만 한 돈이 없었다. 돈이 있어도 그녀에게 푹 빠진 그 리필원이 순순히 그녀를 내게 넘기려고 하지는 않을 것이었다.

"알고 있는 놈이 그 따위 말을 하나? 누굴 가지고 노는 거냐?"

나는 화가 나서 녀석의 등에 붙였던 테이프를 거칠게 떼어냈다가 다시 붙였다. 매끈한 녀석의 등엔 털이 없었기 때문에 녀석에게 고통을 주려던 내 의도는 별 효과가 없는 듯했다.

"나도 저기 있는 저 물건들이 내 출생의 산파역을 했던 물건들인 걸 잘 알아요."

녀석이 제법 심각하게 다시 말했다.

"그건 또 무슨 소리냐?"

녀석이 자못 진지하게 말하기 시작했다.

"먼저 내 등에 붙여놓은 테이프부터 떼어주세요. 도망갈 생각은 없으니까요. 끈적거려서 견딜 수가 없어요."

녀석이 마치 협상 테이블 위에 앉은 인질범처럼 말

했다.

"야, 아무리 세상이 변했어도 도망가지 않겠다는 바퀴벌레의 말을 믿을 사람은 아무도 없다. 네 놈들의 동물적인 본능이 어디로 가겠냐?"

"상대의 말을 그대로 믿지 못하는 인간들의 본성도 여전히 변하지 않았군요?"

녀석이 즉각 반격을 했다. 보통내기가 아니었다. 나는 혹시 녀석이 10,000,000TB 정도의 메모리 칩을 장착한 최신 로봇이 아닐까하는 의심이 들기 시작했다. 요즘의 로봇공학 기술이라면 충분히 진짜 바퀴벌레와 구분이 되지 않는 바퀴벌레를 만들 수 있을 것만 같았다. 인간의 피부와 똑같은 인조피부도 만들어내는데 바퀴벌레 껍질정도를 똑같이 만들어내는 일은 일도 아닐 거라는 생각이 들었다. 무엇보다도 사람의 얼굴을 하고 있는 녀석의 머리가 놈이 로봇일 거라는 생각을 자꾸만 들게 만들었다.

손으로 만져봐서는 구분할 수 없다는 사실을 뻔히 알면서도 나는 다시 한 번 녀석의 등껍질을 만져봤다. 감쪽같았다. 만일 녀석이 로봇이라면 도대체 왜 그런 바퀴벌레를 만들어 낸 것인지 그 의도를 알 수 없었다. 지구상의 자연동물들이 거의 다 멸종 상태여서 복제나 인공적인 양식이 아니고서는 구경조차 할 수 없게 된 것이 이미 오래 전 일이었지만 바퀴벌레만은 아직도 어디서나 흔하게 볼 수 있는 유일한 동물이었다. 그것이 그 누구든 단순히 기술 수준을 시험하는 차원에서가 아니라면 그 흔한 바퀴벌레까지 로봇으로 만들 이유가 없을 것 같았다.

"난 아빠가 무슨 생각을 하고 있는지 다 알아요. 내가 로봇이라고 생각하는 거죠?"

녀석이 또 한 발 앞서서 말했다. 녀석의 머리에 붙어 있는 안테나가 내 머리 속의 회로를 감지하고 있는 것처럼 말하고 있었다. 녀석은 다시 옆에 있는 자위용 장갑들을 쳐다보고 있었다. 맨 위에 놓여 있는 것은 물개 가죽으로 만든 장갑이었다. 나는 잠시 그 느낌을 떠올려 보려고 했다. 다른 가죽으로 만든 장갑들보다 자위 시간이 유난히 길었던 생각이 났다. 쌀 사료만 먹고 하기엔 너무 힘이 딸려서 물개 가죽을 사용한 날은 좀 무리를 해서라도 아무 자판기 육포라도 사서 먹어야 했다. 그럴 때 R구역에 사는 인간들은 뱀 고기나 실제 물개 고기를 먹겠지만 기타 구역의 인간들은 꿈도 꿀 수 없는 일이었다.

"찔리는 데가 있나보지? 결국 내 꿈은 물 건너가는 거냐?"

내가 푸념조로 말했다.

"아빠! 전 정말 로봇이 아니에요."

녀석이 고개를 돌리며 강력하게 부인했다.

"아빠 소리 좀 그만해라. 그리고 네가 로봇이 아니라면 지금의 네 모습을 어떻게 설명할 거냐?"

나는 녀석의 얼굴을 가리키며 말했다. 한기가 다시 심하게 몰려와서 나는 침낭을 어깨 위에 둘렀다. 그냥 눕고만 싶었다.

"내가 정말 아빠의 딸이라도 날 팔아서 따뜻한 집으로 이사를 가고 싶은가요?"

녀석이 진지한 얼굴로 말했다. 나는 더 이상 견딜 수가 없어서 침대로 가 누웠다.

"나는 네 놈이 무슨 말을 하고 있는 것인지 모르겠다. 그게 어디 말이나 되는 소리냐?"

나는 점점 녀석과 말씨름을 하고 있는 것도 귀찮고 몸에 힘도 빠져서 녀석을 다시 서랍에 처넣고 잠이나 좀 자고 싶었다. 그런 내 마음을 다시 또 읽은 것인지 녀석은 계속 말을 했다.

"저 장갑들이요."

녀석이 오른쪽 앞다리를 들어 자위용 장갑들을 가리켰다. 영락없는 바퀴벌레의 다리에 손가락 마디 하나만한 사람의 손 모양이 이어져 있는 놈의 모습이 신기했다. 만화영화에서나 볼 수 있을 법한 장면이었다.

"그 장갑들이 뭐? 설마 너도 자위란 걸 하고 싶은 건 아닐 테지?"

내가 시큰둥하게 말했다.

"지금 농담할 기분이 아니에요."

"나도 농담할 기분이 아니다. 지금 내 몸을 보고도 그러냐? 설마 저 장갑들 중에 네 엄마가 있다고 말하려는 건 아니겠지? 바퀴벌레로 만든 자위용 장갑이 있다는 말은 내 평생에 들어본 적이 없다."

눈을 감으며 나는 말했다. 정말 그냥 쉬고 싶었다. 녀석의 처리 문제는 나중에 몸을 수습하고 나서 생각해도 늦지 않을 것 같았다. 그리 쉽게 죽을 놈 같지도 않았다.

"엄마라곤 할 수 없지만 산파라고는 말 할 수 있는 장갑이 있기는 있지요."

뭔가 눈치를 챘는지 녀석이 재빨리 다시 말했다.

"산파? 오랜만에 들어보는 말이다만 말장난이 지나치구나. 그만 하자. 피곤하다."

나는 벽 쪽으로 돌아누웠다. 벽 쪽에서 찬 기운이 밀려오는 것 같았다.

"인간들은 자위행위를 할 줄만 알았지 그 다음에 어떤 일들이 벌어지는 진 알지도 못하고 관심도 없었죠."

나는 대답을 하지 않고 가만히 있었다. 일일이 대꾸하

169
호모블라토디아

는 것도 지겨워지고 있었다. 대답할 가치도 없다고 생각했다.

"자위를 하고 나면 어떻게 하죠? 지금은 물이 끊겨서 물휴지로 닦아내고들 있지만 가끔씩이라도 물이 나왔을 땐 화장실에서 물로 씻어냈죠. 구 서울 시절엔 물론 물 걱정을 하지 않았을 테니까 수십 년, 아니 수백 년 동안 그랬겠죠. 그러면 정액과 그 물들이 하수구로 흘러가죠. 그 다음 하수구에선 무슨 일이 벌어질까요?"

녀석이 잠시 뜸을 들였다.

"하수구는 오랫동안 우리 바퀴들의 서식처였죠. 저 아래에서 우린 인간들이 버린 쓰레기들을 먹으며 살아왔어요. 지금 그걸 탓하려고 하는 건 아닙니다. 덕분에 우린 일할 필요도 없이 편히 살아왔으니까요. 아빠! 그 중에서 우리가 제일 좋아한 것이 뭔 줄 아세요? 바로 인간들이 자위행위를 하고 나서 하수구로 흘려버린 정액이에요. 그거야말로 영양분이 결집된 엑기스였죠."

녀석이 그 맛을 음미라도 하고 있는 것인지 잠시 말을 끊고 입맛을 다시고 있었다. 그러고 보니 내 배가 몹시 고팠다. 새벽에 들어와서 쌀 사료 반인 분, 말린 살구 하나 그리고 맥주 한 캔을 먹은 것이 다였고 그나마 설사로 다 쏟아냈으니 뱃속에 남아 있는 것이 있을 턱이 없었다. 시간은 벌써 자정이 다 되어 가고 있었다. 그

동안 녀석도 먹은 것이 없을 테니 녀석도 배가 고플 만했다. 어제 먹다 남겨둔 쌀 사료라도 줘야하나 생각하다가 그 쌀에 문제가 있을지 모른다는 생각에 생각을 접었다. 나대신 자판기 경비를 서고 있을 블랑카김의 근무 시간도 다 끝나갈 시간이었다. 저녁 값이라도 줬어야 했는데 경황이 없다보니 예의도 차리지 못했었다. 미안했다. 그나저나 녀석은 지치지도 않는지 말을 그만 둘 생각을 하지 않고 있었다. 할 수 없이 나는 다시 녀석 쪽으로 돌아누우며 한 마디 하지 않을 수 없었다.

"그래서? 고맙다는 인사를 하려고 그러는 것이냐? 너희 바퀴들이 인간의 정액을 좋아하는 거 하고 지금 나하고 무슨 상관인 거냐? 내 정액이 제일 맛있었다고 칭찬해주려는 건 아닐 테고?"

인간의 허망한 그 욕망의 부산물들이 또 다른 생명체들의 좋은 먹이가 되고 있었다는 사실은 새삼스러웠지만 도무지 녀석이 말하려는 것이 무엇인지 이해할 수가 없었다. 녀석이 그런 내 생각을 또 읽고 있는지 다시 말하기 시작했다.

"아빠! 먹는다는 거, 그 의미를 좀 생각해보세요. 모든 생명체들은 먹어야 살지요. 먹어야 살고, 살아야 또 번식도 할 수 있는 거죠."

녀석이 제법 어른스럽게 말했다.

"그거야 상식 아니냐?"

"바로 그거예요. 상식이죠. 하지만 사람들은 먹는다는 것의 의미를 아직도 잘 모르고 있어요. 정말 밥 먹듯이 그 말을 사용하면서도 말이죠."

"살기 위해 먹는 게 먹는 거지 또 뭔 의미가 있다고 그러냐? 살생의 의미를 말하는 거라면 그런 건 이미 수천 년 전부터 심각하게 얘기한 인간들이 많았다. 종교란 것도 그래서 생겼던 것 같고."

나도 제법 진지하게 말했다.

"제가 말하고 싶은 건 그런 게 아니에요. 먹는다는 거, 그게 바로 섹스란 거죠. 섹스라는 건 일차적으로 다른 대상으로부터 유전자를 받아서 새로운 개체를 창출하는 행위잖아요? 물론 쾌락을 위한 행위라는 것도 인정해요. 하지만 그건 나중의 인간들 문제였지요. 수십억 년 전 초기 생물의 진화과정에서 보면 말이죠, 그들이 다른 유전자를 받아들이는 방식이 바로 다른 생명체를 잡아먹는 거였어요. 옆에 있는 대상을 잡아먹어서 자기 몸속에 흡수하는 것이었죠. 그것이 바로 섹스의 기원이었던 겁니다. 박테리아 시절부터 행해졌던 섹스라고요. 왜 인간들이 여자와의 섹스 후에 여자를 먹었다거나 따먹었다고 하는 말을 옛날에 했었는지 알겠지요? 그 말을 밥 먹듯이 쓰면서도 인간들은 그 말의 진정한 의미를 모르고 있었던 것 같더라구요. 그게 다 수십억 년의 진화 과정에서 행해져온 섹스의 무의식적인 표현이었던 것인데도 말입니다. 적어도 35억 년 정도의 역사가 있는 얘기죠."

녀석의 말이 혼미해지고 있던 내 머리를 망치로 내려치는 듯했다. 진짜 여자랑 섹스를 해본 경험이 없어서 그건 모르겠지만 그래서 섹스돌과 뒹굴 때면 섹스돌을 물어뜯고 싶고, 동물 가죽으로 만든 자위용 장갑을 끼고 자위를 할 때면 그 장갑을 씹어 먹고 싶었던 것이었는지도 모를 일이었다. 나는 단지 그 장갑들이 동물 가죽이라서 인간의 오랜 육식의 습관이나 자판기 육포조차 제대로 먹지 못하고 있는 허기에서 비롯된 충동이라고만 생각했었다. 녀석의 말대로라면 그게 다 섹스의 본래 모습이란 얘기였다. 그 동안의 내 성적 충동이 전혀 변태적인 것이 아니었다는 사실에 나는 잠시 안도했다. 하지만 지금 그게 문제는 아닌 듯했다. 어쩌면 지금 내가 진화의 역사를 다시 쓰고 있는 그 중심에 서 있는 느낌이 들었기 때문이었다.

"아빠! 이제 감이 좀 잡혀가시나 보죠?"

녀석이 반갑게 소리쳤다. 녀석의 말에 내가 놀랄 지경이었다. 내 머릿속이 뭔가 복잡해지기 시작했다. 마지막으로 자위행위를 한 후 물휴지가 없어서 아까운 생수로 닦아낸 것이 언제인지 떠오르지 않았다. 그때 우리 집 현관문을 두드리는 소리가 들렸다. 블랑카김이 내 대신 일을 끝내고 돌아온 모양이었다. 나는 재빨리 책상 위에 붙여놓았던 녀석을 떼어내서 서랍 속에 다시 넣고 서랍을 닫았다.

"아빠! 테이프는 좀 떼어주시죠. 어디 도망가지는 않을 테니까…."

녀석이 소리쳤다. 나는 못들은 척 서랍을 닫고 등잔불을 들고 현관문을 열기 위해 방문을 나섰다. 블랑카김이 다시 문을 두드리고 있었다. 내가 잠이 들었다고 생각한 모양이었다. 새벽 1시가 넘었으니 그럴 만도 했다.

지친 블랑카김의 모습을 보자 미안함 마음이 다시 일었다. 하루 종일 먹은 것이 없던 나도 내 몸이 말이 아니었지만 16시간을 자판기 리필과 경비를 서다가 들어온 그의 앞에서 나는 할 말이 없었다. 그런 내 앞에 블랑카김은 오히려 사료 봉지를 내밀었다.

"배고프지? 이건 옥수수 사료야. 나도 낮에 이걸 좀 먹었는데 이건 이상이 없는 것 같더라구. 물은 있어?"

그가 걱정스럽게 나를 쳐다보며 말했다.

"피곤하겠지만 잠깐 들어왔다가 가. 편의점 상황도 얘기 좀 해주고."

나는 블랑카김의 팔을 잡아끌었다. 그의 몸이 힘없이

끌려왔다. 똥 냄새도 따라 들어왔다. 지친 그의 모습이 더욱 안쓰러웠다.

"하루 종일 고생이 많았지? 미안해, 괜히 나 때문에 쉬지도 못하고."

나는 진심으로 그에게 미안한 마음이 들었다. 나는 등잔불을 거실의 식탁 위에 놓고 의자에 앉았다. 블랑카김도 맞은편에 따라서 앉았다.

"아냐, 지금 그게 문제가 아냐. 지금 우리에게 심각한 문제는 그나마 이젠 우리가 할 일이 없어진다는 거야."

블랑카가 심각하게 말했다.

"무슨 일이 있었구만?"

내가 물었다.

"집 안이 더 춥네. 거실 한쪽에 철판이라도 가져다 놓고 나머지 가구들이라도 모아다가 불이라도 놓아야겠어. 난로처럼. 얼마나 여기서 더 살게 될지 아껴둬야 소용도 없을 걸 뭐."

"무슨 일이야?"

블랑카김의 갑작스런 변화가 이상해서 내가 다시 물었다.

"이번 주 계약 기간이 끝나면 다음 달부턴 편의점을 폐쇄할 모양이야."

블랑카김이 힘없이 말했다.

"결국 그렇게 되는군! 주민 수가 줄어들어서 이익이 줄어든 것이 원인이겠지?"

내가 물었다.

"뭐 그것도 이유 중 하나는 되겠지. 그런데 그것보다는 재개발이 더 큰 이유인 것 같아. R구역과 S구역을 제외한 나머지 지구에 대한 대대적인 재개발 계획이 확정된 모양이야. 편의점뿐만이 아니라 이제 곧 남은 사람들에게도 아파트를 떠나라고 할 거야."

블랑카김이 풀이 죽어서 말했다. 드디어 올 것이 왔다는 듯이 그는 더 이상 말을 하려고 하지 않았다.

"아파트에서 내쫓으면 우리보고 어디로 가라는 거야? 이제 와서 친환경 주택을 지어서 우리 같은 사람들에게 나눠줄 것도 아니면서 재개발은 또 무슨 재개발이야?"

나는 미래에 대한 암담한 생각에 화가 치밀어 오르는 것을 느꼈다.

"아직 확실한 건 모르겠지만 Q지구 정도에 친환경 영구 임대아파트를 지어서 나머지 지구에 흩어져 있는 사람들을 한 곳에 모은 다음에, 나머지 구역들은 국토균형발전 차원에서 각각 특색 있게 재개발하겠다는 것이 이 정부의 계획인가 봐."

블랑카김이 힘없는 목소리로 겨우 말했다.

"친환경 영구 임대아파트? 거긴 그냥 들어가게 해준대?"

말로만 듣던 친환경 아파트란 말에 갑자기 귀가 솔깃하여 내가 물었다. 태양광 발전 시설에 의해서 자동 난방이 되고 전기나 물도 걱정 없이 쓸 수 있는 친환경 주택에만 살 수 있다면 지금 살고 있는 아파트를 떠나야하는 일쯤은 아무 것도 아니었다. 오히려 환영할 만한 일이라는 생각이 순간적으로 들었다.

"일단 여기 아파트들을 내놓고 여길 떠나면 그쪽의 입주권을 주겠다는 거지. 그리고 나머지 돈은 죽을 때까지 매달 수입의 30%씩 갚는다는 조건으로 말이야. 문제는 그거지. 무슨 수로 그 돈을 갚을 수 있겠어. 일자리도 다 없어진 마당에. 결국 입주해봤자 따뜻한 방 안에서 죽을 권리밖에 없게 되는 거지. 부패는 빨리 되겠네."

블랑카김이 다시 말했다.

"그렇겠군. 아파트 값은 고사하고 뭘 먹고살지? 모아놓은 돈으론 한 달도 버티기 힘들 텐데."

내가 걱정스럽게 말했다.

"몇몇 사람들이야 새로 재개발한 Q구역에서 자판기 경비원이나 리필원이 될 수 있다고 하더라도 대다수 나머지 사람들은 할 일이 없잖아. 지금도 상황은 비슷하지만. 결국 그들의 미래에 우리는 없는 거지. 실제적인 고용 인력은 늘어날 턱이 없고, 정부에서 내놓은 고용 계획이란 게 고작해야 자판기 경비원 인턴제, 로봇 골프장

캐디 인터제거든. 로봇들이 즐기는 골프장에 인간 캐디를 좀 써보겠다는 거지. 다 기계로 하면 재미가 없으니까."

블랑카김이 한숨을 내쉬며 말했다.

"우리 옆 구역인 U구역은 로봇 골프장이 들어선데. 우리가 지금 살고 있는 이 T구역은 뭐가 되는지 알아?"

블랑카김이 나를 잠시 쳐다보며 말했다.

"뭐가 되는데?"

내가 물었다.

"서바이벌 게임장. 지금 있는 아파트들을 그냥 세트처럼 이용해서 휴먼-로봇의 서바이벌 게임장으로 사용하겠다는 거지. 총이나 대포 같은 재래식 무기도 쓰고 레이저 빔 같은 요즘 무기도 마음대로 사용할 수 있는 게임장으로 T구역을 특화 시키겠다는 거야. 기존의 건축물들을 그대로 사용하면 되니까 매우 경제적인 발상이지. 서바이벌게임을 즐기고자 하는 외국의 휴먼이나 로봇들도 불러들여서 한바탕 국제전을 방불케 하는 올림픽 서바이벌도 정기적으로 개최하고 월드 로켓포 게임 대회라든가 월드 자주포 게임 같은 종목 경기도 그 사이사이에 정기적으로 개최하면 돈을 벌 수 있다는 계산인 거지. 벌써 차차기 올림픽 종합 서바이벌 게임대회 유치 신청을 IOC에 신청해놓고 있다는 소문이 돌고 있어. 우리나라 같은 경우엔 구 서울 시절에 비축해놓은 재래식 무기가 많아서 원시 3종 경기, 즉 총과 대포, 미사일을 동시에 사용하는 경기의 메달 획득 가능성이 가장 높을 것으로 예측하고 있어. 화생방전 게임도 메달 가능성이 높다고 들었어. 올림픽 서바이벌 게임에서 살아남는 선수나 로봇에겐 R구역의 평생 숙박권과 자판기 식권을 지급해주기로 했다나 봐. 나중에 먹고 살 수 없으면 서바이벌 게임에나 출전할까봐. 물론 그것도 국가대표 선발전에서 살아남아야 가능한 얘기지만."

블랑카김이 이젠 남의 얘기하듯이 말하고 있었다. 피곤한지 그가 자리에서 일어났다. 너무 오래 잡고 있었다. 몇 시간도 쉬지 못하고 다시 일을 나가야 할 사람을 너무 오래 잡고 있었던 것이었다.

"어쨌든 이번 주면 편의점 일도 끝나니까 곧 결단을 내려야겠지. 이만 가볼게. 어떻게 할 건지 대책을 잘 세워야 할 거야. 나도 지금 남 걱정을 할 처지가 아니거든. 분위기도 심상치 않고, 폭동전야 같아."

블랑카김이 현관문을 나서며 마지막으로 말했다. 서로 볼 수 있는 날도 얼마 남지 않았을 것 같은 예감이 밀려왔다. 받지 않겠다는 블랑카김의 손에 나는 그날 일당과 옥수수 사료 값 4,400,000원을 쥐어주었다. 당연히 그가 받아야할 돈이었지만 그것이 고마운 그에게 내가 해줄 수 있는 것의 전부였다.

"오늘 정말 고마웠어. 잘 쉬어."

블랑카김의 손을 잡으며 내가 말했다.

블랑카김이 돌아간 후 나는 아무 생각도 할 수 없었다. 책상 서랍에 넣어둔 녀석의 존재도 잊고 나는 침낭을 뒤집어 쓴 채 한동안 아무 것도 할 수 없었다. 그러다가 깜빡 그대로 잠이 들었다. 그날 밤은 똥 냄새도 맡을 수 없었다.

"아빠, 나 좀 풀어 줘! 이러다간 나 죽겠어!"

녀석의 비명 소리에 놀라서 내가 다시 잠에서 깼을 땐 이미 아침이었다. 책상 서랍을 열자 축 늘어진 녀석의 모습이 눈에 들어왔다. 잠시 망설이던 나는 놈의 등에 붙여놓은 테이프를 떼어주었다. 그래도 도망갈 기운이 없을 것 같았기 때문이었다.

새벽에 블랑카김이 가져다 준 옥수수 사료를 물에 말아먹었다. 녀석에게도 옥수수 사료 약간을 물에 적셔서 접시에 담아 줬다. 배가 고팠던 탓인지, 습한 것을 좋아하는 습성 때문인지 녀석은 젖은 옥수수 사료를 잘도 집어먹었다.

블랑카김의 말대로라면 편의점의 폐쇄로 인하여 재계약과 상관없이 이번 주로 편의점 근무도 끝나게 되는 것이었다. 이번 주의 내 근무 시간은 09시부터 17시까지였다. 출근 시간까지는 아직 1시간 가량이 남아 있었다. 하지만 왠지 출근하기가 싫었다. 몸도 아직 정상이 아니었지만 어차피 일주일 후면 문을 닫는 편의점에 나가서 하루 종일 앉아 있고 싶은 생각이 없었다. 일주일치 수당을 받으면 며칠 더 버틸 수 있는 돈이야 벌겠지만 그게 무슨 의미가 있겠는가 하는 생각이 들기 시작했다. 어차피 이게 마지막이라면 멍청하게 자판기 경비를 서느라 시간을 허비할 것이 아니라 뭔가 의미 있는 일을 해야 할 것만 같았다. 내 노트북 충전기가 허락하는 한도 내에서 오래 전 써보고 싶었던 세상 이야기나 내 회고록을 써보고 싶었다. 잘하면 전자책으로 발간할 수 있을지도 몰랐다. 또 운이 좋다면 다큐 방송작가로 발탁이 될지도 몰랐다. 그렇게만 된다면 사료나 마른 육포를 더 이상 씹지 않아도 되고 따듯한 잠자리와 물 목욕을 매일 할 수 있는 삶을 살 수 있을지도 모르는 일이었다. 쥐도 새도 모르게 어디론가 사라지거나 소각되는 일 같은 것도 걱정하지 않아도 될지 몰랐다.

한동안 머릿속이 복잡해서 아침 식사를 마친 후 멍하니 식탁 앞에 앉아 있었다.

"아빠! 이젠 정말 제가 누군지 알겠죠?"

기운을 차렸는지 갑자기 녀석이 말했다. 그제야 어제

하던 얘기를 끝내지 못했다는 사실이 떠올랐다.

"그러니까 어제 네 말대로 라면 내 정액을 어떤 바퀴벌레, 그러니까 네 엄마가 되겠구나, 그 바퀴벌레가 하수구에서 내 정액을 받아먹고 결국 너를 낳았다는 얘기겠구나? 결국 너를 낳아준 바퀴벌레랑 나랑 섹스를 했다는 얘기고."

내가 정리해서 말했다.

"아빠도 이젠 정리가 제대로 되는 모양이네요."

녀석이 반갑게 말했다.

"그런데 말이다. 그럼 저 아래 하수구엔 너처럼 생긴 녀석들이 많냐?"

내가 다시 물었다.

"아뇨. 내 쌍둥이 오빠밖에 없어요."

"쌍둥이라고? 둘밖에 없어? 나머진 그냥 바퀴벌레고?"

내가 다시 묻자 녀석이 고개를 끄덕였다.

"그럼 수십 년, 수백 년, 아니 그보다 더 오랜 세월 동안 그 많은 정액이 하수구로 흘러갔을 텐데 어떻게 너네 남매만 그 모양으로 태어날 수 있었다는 거냐? 다른 바퀴벌레들은 내내 피임을 한 모양이지? 너네 엄마만 빼고. 말도 되지 않는 소린 이젠 좀 그만 해라. 내 문제만으로도 골치가 아프니까. 왜 내가 말도 되지 않는 네 소리를 듣고 있어야 하는지 모르겠다. 편의점도 곧 폐쇄되고, 앞으로 먹고 살 일도 막막하고, 여기도 떠나야 하고, 내 앞날이 캄캄하거든. 네 녀석이 로봇이 아니고 두 마리밖에 없는 희귀종이라면 네 몸값이 상당할 거야. 미안하지만 넌 그저 내 인생 역전의 재물이 돼주면 그만인 거야. 그 점만은 고맙게 생각할게. 앞으로 내가 쓸 얘기에 네 녀석 얘기는 꼭 써주마."

좀 잔인하다고 생각했지만 쐐기를 박듯이 내가 말했다. 더 이상 녀석과 실랑이를 할 시간도 없었고 하고 싶지도 않았다.

"아빠도 보통 고집이 아니시군요. 아마 내 성격도 아빠를 닮았나 봐요. 저도 쉽게 포기하는 걸 모르죠. 아빠! 이 은하계의 수십억 개의 별 중에 어떻게 지구에만 생명체가 출현하게 됐던 걸까요? 그 확률은 얼마나 됐죠? 다른 별들은 다 뭐였죠?"

도대체 녀석이 할 줄 모르는 말이 뭔지 나는 궁금해지기 시작했다. 이제 은하계의 생명체 문제까지 들먹이고 있었다.

"다른 별에 생명체가 있는지 없는지는 아직 잘 모르는 일 아니냐? 다른 별에 꼭 지구와 같은 생명체가 없으리란 법도 없지?"

내가 말하자 녀석이 곧바로 다시 반격을 했다.

"나도 다른 지역이나 다른 나라 도시의 아파트 하수구

에 나랑 같은 바퀴벌레가 반드시 없을 거란 얘기는 한 적이 없어요. 있을 수도 있고 없을 수도 있죠. 전 단지 우리 아파트 하수구엔 나처럼 생긴 생명체가 나랑 내 오빠밖엔 없다고 말한 것뿐이에요."

녀석의 말을 듣고 보니 나는 더 이상 할 말이 없었다. 그렇다고 녀석과 녀석의 오빠란 놈을 내 자식으로 인정할 수도 없었다. 세상이 아무리 뒤죽박죽이라지만 내가 바퀴벌레 남매의 아빠라는 사실을 도저히 인정할 수가 없었다.

"갑자기 아빠가 혼란스러워 할 거란 건 나도 알아요. 믿고 싶지도 않으시고 믿을 수도 없겠죠. 하지만 그건 분명히 과학적인 사실이에요."

녀석이 확신에 찬 어조로 말했다. 나는 다시 충격에 휩싸여 잠시 아무 말도 할 수 없었다.

"잠시 바람 좀 쐬어야할 것 같다. 나중에 다시 얘기하자."

나는 현관문을 열고 나와서 곧장 아파트 옥상으로 올라갔다. 계단을 올라가면서 생각하니 녀석을 그냥 놓고 온 것이 마음에 걸렸다. 도망가려고 마음만 먹었으면 이미 도망가고도 남았으리란 생각이 들었다. 다시 돌아가도 이미 사라지고도 남았을 시간이라 나는 그냥 옥상으로 향했다. 돈은 날아갔는지 모르지만 고민거리도 날아간 거라고 생각하니 속이 편했다.

똥냄새가 천지에 가득 차 있는 듯했다. 옥상에 올라가니 여기저기 굳어버린 똥들이 널려 있었다. 북서쪽으로 R지구의 쌍둥이 타워팰리스가 구름 위로 치솟아 있었다. 북쪽으론 한강이 내려다 보였다. 오염된 강물이지만 멀리서 바라보니 상쾌한 기분마저 들었다. 하지만 그 강물 속에서 움직이는 것이라곤 구 서울 시절 말기에 풀어놓은 물고기 로봇밖에 없다는 사실을 사람들은 다 알고 있었다. 한강 생태계의 파괴를 감시하기 위해서 풀어놓았던 물고기 로봇은 그 자체가 한강 오염과 파괴의 상징물이 되어 있었다. 아니 물고기 로봇이야말로 한강의 새로운 주인이었다.

날씨가 좀 풀렸는지 벌써 보트 폭주족들이 파도를 가르며 한강을 질주하고 있는 모습도 눈에 들어왔다. R구역에 사는 사람들의 시험관 아이거나 복제 주니어들이었다. 그들은 그런 식으로 한강에서 낙동강으로 이어지는 경부운하를 통해 부산까지 고속으로 질주를 하곤 했다. 충돌 사고로 빈번히 목숨을 잃었지만 며칠 지나지 않아서 똑같이 생긴 속성 복제 주니어들이 다시 또 강물 위를 질주했다. 그 아이들은 뭐든지 무서울 것이 없는 듯했다. 우리 같은 인간들에겐 목숨이 하나였지만 그런 인간들에겐 자신의 목숨도 그들이 먹는 양식 물고기나 동물들처럼 언제든지 복제 재생산할 수 있는 물건 중 하나일 뿐이었다. 그런 인간들에 의해서 강물은 오래 전 오염되었고 강물에 살던 생명체들은 차츰 사라졌다. 인간들은 수족관에서 양식을 한 물고기와 복제한 물고기들을 수없이 강물에 풀어놓았지만 그 강물에선 어떤 물고기도 살 수 없었다.

보트 폭주족들을 바라보고 있자 다시 마음이 심란해지기 시작했다. 일주일이 지나면 편의점도 폐쇄되고 이곳 아파트에선 더 살라고 해도 더 이상 살 수가 없게 될 것이었다. 집이야 앞으로 세워질 친환경 아파트로 이주한다고 하더라도 그 동안 모아놓은 돈으론 하루에 곡물 사료를 1인분씩만 소비한다고 해도 서너 달 버티기가 어려울 것 같았다. 일주일 후면 편의점이 폐쇄되고 재개발 사업도 곧바로 시작될 터였다. 요즘의 건축공법이라면 Q지구의 친환경 주택들도 한 달 안에 일제히 세워질 것이었다. 그러고 나면 이 T지구는 블랭카김의 말대로 그 즉시 국제 서바이벌 게임장으로 탈바꿈할 것이었다. 내가 지금 선택할 수 있는 진로라고 해봐야 내가 살고 있는 아파트를 순순히 정부와 개발업자에게 넘기고 Q지구로 이주하거나 혹시 어딘가 있을지 모르는 오염된 교외의 인간들 거주지를 찾아 나서는 길뿐이었다. Q지구로 이주하면 일단 내가 가지고 있는 돈의 가치만큼 내 생명을 연장할 수 있을 것이고, 교외로 나가면 그 순간부터 아무 것도 보장할 수 없는 상황에 처하게 되는 것이었다. 결과는 그리 크게 다를 것 같지 않았다. 지금 내 앞에 주어진 것은 어디에서 죽을 것이냐를 선택할 수 있는 자유뿐이었다.

방향을 짐작할 필요도 없이 사방에서 시체 썩는 악취와 똥냄새 그리고 모든 것들이 혼합된 부패의 냄새가 밀려들고 있었다. 머리가 지끈거리기 시작했다. 상쾌하다고 생각했던 기분도 잠시였다. 밀려드는 냄새와 미래에 대한 걱정에 머릿속은 금방 뒤죽박죽이 되어 가고 있었다. 차라리 내 방 안이 낫겠다는 생각이 들었다. 서둘러 나는 계단을 내려가기 시작했다. 하지만 생각과는 달리 무거운 몸이 말을 잘 듣지 않았다.

올라갈 때 시간의 두 배 정도는 더 걸려서 겨우 203호 앞에 도달했다. 내 집 문 앞에서 헐레벌떡 뛰어오는 블랑카김을 만났다. 아침 일찍 나갔다 오는 모양이었다. 블랑카김은 지난밤에 T편의점의 ①②③⑩ 자판기가 성난 시민들에 의해 파괴되었다는 소식을 전해줬다. 드디어 폭동이 일어난 모양이라고 했다. 편의점에 나갈 이유가 이래저래 없게 됐다며 잠시 동안 몸이나 조심하고 있으라고 했다. 고민이 하나 줄어든 것이었다.

"아빠! 어딜 다녀오세요?"

문을 열자마자 녀석이 신발장 문 위에서 반갑게 인사를 했다. 목소리만 생각하면 정말 딸이 아빠를 맞이하는 소리였다.

"왜 도망가지 않은 거냐? 좋은 기회였을 텐데!"

도망갔으리라 생각한 녀석이 집에 그대로 있는 걸 보자 의외였지만 한편으론 안도의 한숨이 나왔다. 잃어버렸던 자식을 다시 품안에 안은 느낌이 아마 그럴지도 모르겠다는 생각이 들었다.

"아빠, 전 도망가지 않아요. 아빠가 절 어떻게 생각하시든 여긴 우리 집이고 아빠는 아빠니까요."

녀석이 진지한 어조로 말했다. 내가 거실의 식탁 의자에 앉자 녀석이 날아와 맞은편에 앉았다.

"내가 널 팔아서 S지구에 친환경 주택을 마련하겠다고 해도 말이냐?"

나는 내 욕망의 한 자락을 끝내 숨기지 못하고 한 마디 더 했다. 정말 녀석이 로봇이 아니라면 녀석은 그만한 가치가 있어 보였다. 지금으로선 그것이 내가 선택할 수 있는 최선의 선택일 수도 있었다. 눈 딱 감고 녀석만 팔아넘기면 내 인생이 달라질 것만 같았다. 녀석은 연구실 해부용이나 잘하면 동물원으로 보내질 가능성이 높았다. 요즘은 복제 기술이 좋으니 수십 마리, 수백 마리를 한꺼번에 복제해서 필요한 연구 기관과 가정에 애완용으로 공급할지도 몰랐다. 틀림없이 녀석은 기하급수적으로 늘어날 것이고 그 때쯤이면 나도 다시 녀석을 하나 구매해서 그때 가서 속죄하는 마음으로 다시 잘 지내면 될 것도 같았다. R지구의 연구실로 가면 유전자 감식을 통해서 녀석이 정말 내 딸인지도 확인할 수 있을 것이었다. 녀석을 팔아넘기는 일이 꼭 나쁜 일이라고만 생각할 수 없을 것 같았다.

"아빠, 절 또 팔아버릴 생각을 하고 계신 거죠?"

녀석이 벌써 또 눈치를 챘는지 앞질러 말했다. 나는 잠시 아무 대답도 할 수 없었다.

"저도 어젯밤 아빠가 불랑카김 아저씨랑 얘기하는 거 들어서 상황이 어떻게 돌아가는 것인지 알고 있어요. 그래서 절 팔아서라도 친환경 주택으로 이사를 가고 싶은 거죠. 잘 하면 집을 장만하고도 먹고 살 만큼 돈이 될지도 모른다는 생각을 하면서 말이죠. 전 아빠가 어떤 선택을 하든지 아빠의 선택을 존중해요. 아빠 생각대로 그렇게 해서 따듯한 집도 장만하고 먹을 걱정 없이 남은 여생을 보낼 수 있다면 그것도 그리 나쁘지 않은 일 같아요. 나도 아빠가 이런 집에서 불행하게 일생을 마치는 걸 원하지 않으니까요."

녀석이 제법 어른스럽게 말하고 있었다. 누가 어른이

고 아이인지 구분이 가지 않았다. 녀석은 스스로 내 딸이라고 말하면서 내 엄마처럼 말하고 있었다. 갑자기 어이없게 죽은 내 진짜 엄마가 보고 싶었다.

"하지만 아빠, 무엇이 과연 아빠의 행복인 건지 한번쯤 생각해보길 바라요."

녀석에게 설사 내 유전자의 반이 섞여있다고 하더라도 녀석의 말솜씨는 그냥 바퀴벌레의 것이라고 보기엔 너무 유창했다.

"그런데 말은 누구한테 배운 거냐? 학교를 다닌 것도 아닐 테고."

녀석의 말을 듣고 있자니 갑자기 그게 궁금했다.

"저기 저 컴퓨터요. 분야별로 저장되어 있는 옛날 EBS 강의를 다 들었죠. 특히 내가 좋아한 과목이 철학이었어요."

녀석이 내 방 책상 위에 있는 컴퓨터를 작은 그 손으로 가리켰다.

볼 때마다 녀석이 컴퓨터를 켜고 있었던 일, 그리고 아까워서 나도 잘 쓰지 않았던 컴퓨터 충전기의 전기가 왠지 자꾸 방전되고 있었는지 비로소 이해가 됐다. 나는 녀석이 게임을 즐기고 있었다고 생각했다.

그건 그렇고 녀석이 나에게 무엇이 나의 행복이냐고 물은 질문에 대답을 해야 할 것만 같았다. 하지만 막막

했다. 그 동안 나는 무엇을 바라고 살아왔는지 갑자기
나 자신도 의문이 들기 시작했다. 하루하루 살아가는데
급급해서 한동안 아무 생각이 없었던 것 같기도 했다.
종합예술학교를 다니던 시절엔 R구역의 정원사가 꿈이
었었다. 학원을 다니며 이 학위 저 학위를 따고 이것저
것 스펙을 쌓았던 것도 정원사가 되어서 따뜻한 친환경
주택에서 물 걱정, 전기 걱정 없이 살면서 가끔이라도
싱싱한 음식을 먹는 것이 내 바람이었다. 진짜 여자와의
섹스도 포기할 수 없는 내 꿈이었다. 그것이 내 삶의 목
표였고 행복이라고 생각했던 시절이 있었던 것 같기도
했다. 하지만 그 꿈조차 이루지 못했고, 그 꿈이 더 멀
어진 지금에 와서 생각해보니 그것이 과연 내 꿈이었던
가 싶기도 했다. 과연 동물적인 삶을 더 지속하는 것이
의미가 있는 것인지 회의가 들기 시작했다.

"아빠, 아빠가 뭘 해도 다 좋은데요, 지금 내가 여
기 이러한 모습으로 있는 의미에 대해서 조금만 생각
해주세요. 지금 내 모습이 의미하고 있는 것이 무엇
인지를요?"

녀석이 고개를 쳐들며 말했다. 녀석의 얼굴을 보니 머
리카락이 없는 검은 부분 때문에 앙드레 김처럼 보였던
것 같았다. 자세히 보니 나를 닮은 것 같기도 했다. 어
차피 제정신이 아니었다.

"지금 네 모습의 의미라? 돌연변이?"

내가 말했다.

"그것도 틀린 말은 아니죠. 돌연변이긴 하죠. 하지만 좀 더 생각해보세요. 뭔가 더 특별한 의미가 있을 거예요."

"글쎄…."

나는 아무 생각이 나지 않았다. 그러자 녀석이 다시 말했다.

"오래 전부터 미래의 지구의 주인은 바퀴벌레가 될 거라고 많은 사람들이 예언을 했었죠. 지금 그 예언이 실현되려고 하는 중이에요. 자연 상태로 있는 지구상의 생물들은 거의 다 멸종 상태에 있고 인간들도 점차 생존 능력을 상실해 가고 있죠. 바퀴벌레만큼 오래 갈 거라던 해병대 아저씨들도 삽질만 하다가 다 사라졌잖아요. 그 아저씨들만 살아 있었어도 세상이 이 모양 이 꼴은 되지 않았을지도 모르죠. 화끈하게 시위라도 했을 테니까요. 아빠 컴퓨터에 있는 「아바타」란 옛날 영화를 봤더니 거기에도 해병대 아저씨가 등장하더군요. 그런데 왜 현실 속에는 그런 아저씨들이 없는 거죠? 농촌이 망하면서 J도 향우회도 없어지고, 대학이 망하면서 K대 동문회도 망했잖아요. 이젠 로봇들의 세상이 되어 가고 있어요. 살아남은 인간들도 로봇이 되기를 선망하고 있지요. 이미 R이나 S구역에 사는 인간들의 상당수는 생물학적으론 완전히 인간이라고도 할 수 없는 상황이죠. 생명을 연장하기 위해서 교체한 인공 장기 서너 개씩은 기본이고 미용을 위해 인공 신체로 교체한 신체 부위도 무시 못 할 정도죠. 복제품들을 과연 인간으로 봐야하는 건지는 모르겠고요. 현재 기타 구역에 살고 있는 루저들은 그냥 놔두면 조만간 다 사라질 테죠. 루저라고 해서 미안해요, 아빠."

녀석이 정말 미안해했다.

"사실인데 뭐."

나는 아무렇지도 않았다.

"그래요. 냉정해지실 필요가 있어요. 아빠가 지금 Q구역의 친환경 영구 임대 아파트로 이주를 한다고 하더라도 얼마 지나지 않아서 상황은 지금과 또 마찬가지가 될 거예요. 일자리가 없고 수입이 없는데 어떻게 되겠어요. 구 서울 시절에 이미 분배 시스템이 고장 났을 때부터 예견된 상황이었잖아요. 쓰레기 같은 자판기 음식들을 먹으며 구차한 목숨을 조금 더 연장하는 것에 불과한 거죠. 그래서 내가 지금 아빠에게 제안을 한 가지 하려고 하는 거예요."

녀석의 조그만 얼굴이 다소 심각해졌다.

"개의치 않을 테니 어서 말해보렴."

아무렇지 않다는 듯이 나는 말했다. 녀석의 말대로라면 나는 루저에다 바퀴벌레 아빠인데, 어차피 여기서 더 나빠질 것은 아무 것도 없었다. 그렇게 생각을 하고나니 마음이 한결 편해졌다.

"아빠, 저 아래 하수구엔 우리 친족들이 오억 년 이상 먹고 살 수 있는 음식물들이 쌓여 있어요. 모두 인간들 덕분이죠. 우린 인간들처럼 먹고사는 문제 때문에 고민할 필요가 없는 거죠. 아빠의 하루 일과를 생각해보세요. 하루에 사료 1인분을 먹기 위해 하루 8시간씩 쉬는 날도 없이 자판기 경비를 서야 하죠. 그리고 있는 사람들은 이젠 신경도 쓰지 않고 아무도 알아주는 사람이 없는 스펙을 쌓기 위해 기껏 번 돈을 들여서 계속 로봇 학원이나 다녀야 하고, 원하는 섹스도 일도 아무 것도 할 수 없잖아요. 사람이 사는 게 사는 게 아니죠."

녀석의 말은 하나도 틀리지 않았다. 그것이 다 나 같은 루저들의 삶이었다. 그러다가 어느 날 환경미화원에 의해서 아무 길거리에서 소각되거나 사라지는 것이었다. '연기처럼'이 아니라 그냥 연기가 되어 사라지는 게 내 주변 루저들의 삶이었다.

"네 말이 맞다. 그래서?"

"아빠, 아빠의 딸을 보세요. 이게 앞으로 지구상의 새 주인이 될 생명체의 모습인 거예요. 아빠가 바로 그 새

주인의 시조가 되는 거라고요. 가슴 벅찬 일 아닌가요?"

녀석이 뒷다리에 힘을 주는 듯 하더니 앞발을 들고 일어섰다. 앞다리 사이로 유방인 듯 쥐젖꼭지처럼 생긴 것이 양쪽에 두 개가 돌출해 있었다. 암컷은 암컷인 모양이었다.

"그렇구나. 그런데 네 엄마는 살아 계시냐?"

"아뇨. 바퀴벌레들 평균 수명을 아빠도 대충 아시잖아요?"

"응, 알만하구나. 이왕 이렇게 된 거 네가 내게 제안하겠다는 것이 뭔지 속 시원히 털어놔 보렴."

나는 정말 녀석의 자애로운 아빠처럼 말했다. 더 이상 놀랄 일도 아닐 것 같았다.

"오빠랑 저랑 이제 번식을 할 때가 왔어요."

"근친상간이 되겠구나?"

"지금으로선 어쩔 수가 없는 일이죠. 저 같은 바퀴의 개체수가 늘어나면 자연히 그 문제도 해결될 거예요. 인간들이 옛날에 그랬듯이 말이죠."

"그런데 뭐가 문제냐?"

내가 마음을 비운 듯이 말했다.

"저희 친족들이 먹을 음식은 저 아래 풍부하지만 번식을 위해 오빠랑 제가 먹어야할 싱싱한 음식이 부족해요."

녀석이 뭔가 불편한 듯 말했다.

"싱싱한 음식이라면 R구역으로나 가야할 텐데. 그리로 좀 가보지 그러냐? 차가 없으니 내가 태워다 줄 수는 없고 그냥 네가 날아갔다 오면 얼마 시간도 걸리지 않을 텐데. 방충망만 조심하면 될 거야. 아니 아예 주거지를 그리로 옮기던가."

내가 진지하게 충고했다.

"아니요. 그게 아니에요. 저희에겐 아빠의 몸이 필요해요. 저희가 아직 바퀴벌레의 습생에 완전히 적응을 하지 못한 것 같아요. 번식기가 되니까 자꾸 아빠의 몸이 땡기는 거 있죠? 이것도 원시 생물의 섹스 욕망과 같은 것이 아닌가 모르겠네요."

"그렇구나. 그게 네가 원하는 거니?"

"가능하시겠어요? 그렇게 되면 여기 넓은 뜰 아파트 201동 203호가 새 생명체들의 에덴동산이 되는 셈이에요. 아빠는 그 조상이 되는 거고요. 해볼 만 한 일 아니에요?"

"그렇겠구나. 잠시만 생각해 보자."

"너무 오래는 생각하지 마세요. 골치만 아프니까요."

녀석이 제법 걱정스럽게 말했다. 나도 이래저래 더 이상 오래 생각해보고 싶은 마음은 없었다.

"그런데 말이다. 아버지를 잡아먹은 원죄를 너희들은

또 어떻게 떠안고 살래? 예수바퀴라도 나와야겠구나."

"아빠, 그런 건 걱정하지 마세요. 열심히 기도만 하면
돼요. 인간들처럼요."

"그래. 골치 아픈 세상 내가 너무 오래 살았나보구나.
죽으면 어차피 인간의 육신이란 것도 너희들 차지가 아
니냐! 자판기 음식을 며칠 더 먹어서 뭐 하겠냐? 지겹
다!"

자식을 이기는 부모가 없다는 말이 있더니 나에게도
부성이란 것이 있는 걸까? 그나저나 내가 정말 녀석의
아빠이기나 한 걸까? 나는 왜 녀석의 말에 순순히 대답
을 하고 있는 건지 의아스러웠다.

하지만 녀석의 말대로 세상을 그렇게 끝낼 수만은 없
었다. 죽을 때 죽더라도 평생을 자판기 음식이나 먹다가
재개발 아파트 콘크리트 더미에서 인생을 마감할 순 없
었다. 죽기 전에 다른 세상을 한번만이라도 제대로 보고
싶었다. 한번이라도 제대로 된 음식을 먹고 제대로 된
잠자리에서 잠도 자고 따듯한 물에 목욕도 하고 똥도
싸고 또 섹스는 고사하고라도 진짜 여자 얼굴이라도 다
시 한 번 보고 싶었다. 엄마 얼굴을 끝으로 여자를 제대
로 본 적이 없었다. 이젠 엄마 얼굴조차 떠오르지 않았
다. R지구나 S지구의 사람들에겐 일상인 그것이 왜 내
겐 하나도 평생 허락되지 않은 것인지 불가사의한 일이

었지만 이젠 그 이유조차 알고 싶지 않았다. 다만 한번 만이라도 그런 것들을 누려보고 싶은 욕망만이 마음 한 구석에 겨우 남아서 내 마지막 욕망의 불씨를 지피고 있었다.

그렇지만 그동안 내가 모아놓은 돈은 R지구 사람들이 심심하면 먹는다는 고래 고기 1인분도 먹을 수 없는 돈 이었다. 아무리 맛이 없는 부위라고 하더라도 고래 고기 1인분에 5억 원이 넘으니 내 한 달 수입보다 비쌌다. 그 나마 내가 평생 제대로 먹지도 못하고 모은 돈이란 게 한 달 수입에도 못 미치는 3억 원 정도니 한심한 일이 었다. 집값은 고사하고 자판기 음식만 먹는다고 해도 어 차피 몇 달밖에 버틸 수 없는 돈이었다. R지구에 있는 특급 호텔의 하룻밤 숙박비 30억 원에다가 세끼 식사비 를 최소한 30억 원으로 잡는다고 하더라도 60억 원의 돈이 필요했다. 제대로 된 술이라도 한잔 하려면 100억 원 이상의 돈이 필요했다. 도저히 내가 마련할 수 없는 절망적인 숫자의 돈이었다.

그래도 방법이 아주 없는 것은 아니었다. 내 자식이라 고 우기고 있는 녀석을 팔아버린다면 그 정도의 돈은 쉽게 마련할 수도 있을 법했다. 100억 원이라고 해봐야 R지구 사람들에겐 하루 용돈에 불과했다. 3류 로봇 화 가가 그린 '로봇의 눈물' 같은 그림도 2천억 원 이상에 구매하는 사람들이 그들이었다. 사람의 얼굴을 하고 있으면서 말까지 하는 바퀴벌레라면 수조 원의 가치가 있을지도 몰랐다. 그야말로 부르는 것이 값일지도 모르는 일이었다. 어쩌면 정말 인생 역전이 가능할지도 몰랐다. R지구에 적당한 주택을 마련하고 평생을 그들처럼 놀고 먹을 수 있는 돈이 그냥 굴러 들어올 것도 같았다. 하지만 내 자식이라고 우기고 있는 녀석을 팔아서 그렇게까지 하고 싶지는 않았다. 나는 그저 하룻밤의 제대로 된 잠자리와 식사면 족했다. 그리고 여자의 얼굴을 제대로 볼 수만 있다면 내 인생의 엔딩 장면으론 더 이상 바랄 것이 없었다. 내 아바타의 섹스를 보고 싶어 하는 것도 아니고 나의 복제 주니어를 원하는 것도 아니었다. 더군다나 사치스럽게 언감생심 로봇들과의 정사를 바라는 것도 아니었다. 그런데 왜 이런 소박한 꿈을 꾸는데도 죄의식을 느껴야 하는지 모를 일이었다. 없는 자들에겐 꿈을 꾸는 것 자체가 죄악이라는 사실을 진즉부터 모르는 바가 아니었지만 그건 끝내 인정할 수 없는 사실이었다. 어디선가 또 똥냄새가 밀려왔다. 몇 년 만 있으면 시작될 22세기를 볼 수 없을 것 같은 예감이 강하게 밀려왔다. 제기랄, 이 우울한 세기말이라니.

　일단 지구의 환경미화원인 뚜엔과 상의해보기로 마음

먹었다. 나는 지금 R지구에 출입할 수 있는 출입증도 없었고 돈도 없었다. 뚜엔이라면 R지구에 출입하는 환경미화원이나 도우미들을 알고 있을 수도 있고 그들을 통해 녀석의 판로를 알아볼 수도 있을 것 같았다. 뭔가 사정이 있었겠지만 그러고 보니 그가 아직 거처를 S지구로 옮기지 않은 것이 천만다행이었다.

뚜엔의 퇴근 시간이 기다려졌다. 애인도 뭣도 아닌 내가 그의 퇴근 시간을 이렇게 간절하게 기다리게 될 줄은 미처 몰랐다. 나는 뚜엔의 안전한 귀가를 진심으로 기원했다. 시내에선 지금 폭동이 시작되고 있다고 불랑카김이 말했었다. 냄새나고 차가운 집일망정 그것마저 뺏기고 삶의 막장으로 몰린 인간들이 할 수 없는 일이란 게 없을 듯했다. 예정된 몰락과 죽음 앞에 태연할 수 있는 사람은 적어도 T구역엔 없었다. 일부의 사람들은 순순히 Q지구의 임대아파트로 이사를 가거나 S지구로의 진입을 시도하겠지만 대부분의 사람들은 자신들이 곧 지상에서 사라질 운명이란 사실을 잘 알고 있었다. 그들이 선택할 수 있는 것은 결국 있는 자리에서 죽음을 기다리거나 최후까지 발악을 하는 길밖에 없었다. 성난 군중들은 T지구의 건물들을 불사르고 지구대를 습격하고 R지구나 S지구로의 진출을 시도할 것이다. 그들은 R지구를 중심으로 형성된 부와 권력을 뒤집어엎으려 할 것이나 결국 실패할 수밖에 없을 것이다. 잘 훈련된 R지구의 무장 경비대를 뚫을 수는 없을 것이고, 그들은 마침내 뚜엔과 같은 환경미화원들의 반나절 일거리로 전락하고 말 거였다. 그래도 그들은 자신들 앞에 놓여진 그 운명의 레일을 따라서 마지막까지 나아갈 거였다. 그들을 진압한 R지구의 경비대원들은 위험이 감소한 만큼 다시 구조조정이 될 것이고, 그들도 역시 지금의 T지구 사람들과 같은 전철을 밟게 될 것이지만 그것은 또 다른 미래의 일이었다.

뚜엔의 퇴근은 평상시보다 늦어지고 있었다. S구역의 환경미화원들도 3교대 근무를 하고 있었다. 뚜엔의 근무 시간이 최근에 다시 바뀌지 않았다면 지금쯤은 집에 돌아오고도 남을 시간이었다. 16시엔 근무가 끝났을 테고 다른 볼일이 있었다고 하더라도 자정이 되기 전까진 돌아왔어야 했다. 다시 학위를 받기 위해 학원을 다녀온다고 하더라도 이미 집에 돌아와 있어야 할 시간이었다.

그는 이미 쓰레기 분리수거에 대한 연구로 다섯 개의 박사 학위를 가지고 있었다. 병, 캔, 종이, 비닐, 플라스틱 등에 관한 분리수거 방법을 분야별로 연구하여 각각에 대한 학위를 취득한 거였다. 그의 다음 목표는 옷과 신발에 대한 분리수거 방법을 연구하여 박사 학위를 두 개 정도 더 따는 것이었다. 어쩌면 그것 때문에 지금쯤 학원에서 로봇 지도교수로부터 지도를 받고 있느라 귀가가 늦어지고 있는지도 몰랐다. 그가 연구한 쓰레기 분리수거 방법은 점차 고고학이 되어가고 있는 추세이기도 했다. 20세기 초반에 만들어진 1세대 콜라병이나 간장병, 소주병, 박카스병 등은 이미 박물관에 가 있었다.

언젠가 그는 자신의 연구 영역에 대한 어려움을 토로한 적이 있었다. 이를테면 이런 거였다. 같은 병이라고 하더라도 콜라병이나 소주, 맥주, 간장병 등은 구분하기 쉬우나 20세기에 만들어진 박카스병과 타우린 같은 유사 박카스병을 구분하는 것은 쉽지 않은 일이며, 같은 소주병이라고 하더라도 처음처럼과 참이슬 병을 구분하기는 여간 어렵지 않은 일이라는 것이다. 더군다나 언제 만들어졌는지 모를 기존의 참이슬과 참이슬 후레쉬 병은 정말 구분하기 어려워서 이런 경우는 그냥 하나로 취급하고 있지만 이로 인해 심각한 문제가 발생할 수도 있다고 했다. 국보를 못 알아보고 함부로 굴리다가 파손할 위험은 물론 재활용한 병에서 인체에 치명적인 전염병이 감염될 경우 병균의 감염 경로를 추적하기 힘들기 때문이라는 것이었다. 이 문제를 해결하기 위한 연구의 필요성을 절감하고 뚜엔은 포스트–닥 과정을 신청해놓은 상태라고 했다. 캔이나 종이, 비닐, 플라스틱 등에도 이와 유사한 문제점들이 있어서 마찬가지로 각각 분야별로 포스트-닥 과정을 신청해놓은 상태라고도 했다. 그래서 그가 버는 돈의 거의 전부가 학원비로 지출되고 있었고 그 때문에 S지구의 집 장만이 자꾸 늦어지는 모양이었다.

시간이 점점 더 지나자 나는 뚜엔이 T지역의 폭동 소식을 듣고 그냥 S지구에 남기로 결심한 것일 수도 있겠다는 생각이 들기 시작했다. 그가 굳이 위험지역으로 돌아올 필요성이 없을 것 같기도 했다. S지구에 이미 임시 거처라도 마련해 놓았다면 그가 굳이 위험을 무릅쓰고 T구역으로 돌아올 이유는 없었다. 만약 그가 돌아오지 않는다면 지금과 같은 상황에서 내가 직접 검문을 뚫고 S지구로 들어가는 일은 불가능했다. R지구는 말할 것도 없고 이미 S지구의 출입도 엄격히 제한하고 있을 것이 분명했다. 출입증이 없는 나로선 보호자가 없는 상태에서 S지구의 검문소를 통과할 수 없었다. 평상시에도 R이나 S지구에 들어가려면 출입증을 소유한 사람의 동행이나 신원 보증이 필요했다. 그렇지 않으면 100억 원 이상의 은행 예치금이 있어야만 했다. 1,000억 원 이상의 은행 예치금이 있을 경우엔 출입증을 소유한 사람의 신원 보증이 없어도 R이나 S지구를 출입할 수 있는 비자를 받을 수 있었다. 하지만 그런 경우는 거의 없었다. T지구나 기타 지구에 사는 인간치고 그만한 돈을 소유하고 있는 인간은 없었다.

나는 어느새 편의점이 있던 지점까지 걸어 나와 있었다. 편의점의 자판기들은 처참하게 파괴되어 있었고 파괴되지 않은 자판기들은 불에 그을려 있었다. 먹을 것은 하나도 남아 있지 않았다. 그 옆의 T10 지구대 건물도 불에 타고 있었다. 그 주위로 시체들이 나뒹굴고 있었다. 지구대를 습격하다가 지구대 경찰의 총에 맞아 죽은 사람들인 듯했다. 지구대 경찰들도 이미 철수를 했는지 주변에선 흔적조차 찾을 수 없었다. 먼 곳에서 분노한 군중들의 고함 소리가 들려오는 듯했다. 곳곳이 불에 타고 있었다. 어둡던 도시의 거리가 오랜만에 환하게 빛나고 있었다. 그 빛이 죽음 직전의 발광처럼 보였다. 자신들의 최후를 스스로 조문하는 조등처럼 보이기도 했다.

블랑카김이 어느새 옆에 와 있었다.

"지옥의 문 앞에 와 있는 기분이지, 이젠 어쩔 거야?"

짐작되는 바는 있었으나 달리 할 말도 없어서 나는 그에게 굳이 물었다.

"Q지구의 임대아파트로 일단 가서 기회를 기다려야지. 단 며칠이라도 시간을 벌 수 있으면 벌어놔야지, 여기서 포기할 순 없잖아? 근데 너는 어쩔 건데?"

역시 그다운 말이었다. 그에겐 아직 기회란 것이 남아

있을지도 몰랐다. 뚜엔처럼. 그는 박사학위도 나보다 하나가 더 많았고, 놀랍게도 신대륙으로 건너온 지 얼마 되지 않은 사람처럼 아직 이 땅에 대한 희망을 버리지 못하고 있었다.

"다시 태어나야지."

지구대 건물에서 피어오르고 있는 검은 연기를 바라보며 내가 말했다.

"무슨 말이야?"

"옛날 책을 보다보니 예수란 자가 이런 말을 했더군. 〈진실로 진실로 너희에게 이르노니, 사람이 거듭나지 아니하면 하나님 나라를 볼 수가 없느니라〉라고. 그의 말대로 라면 새 세상을 보려면 결국 거듭나야 하고, 거듭나기 위해선 일단 죽어야 하잖아?"

"그게 무슨 말이야? 일단 살아남아야 새 세상도 볼 수 있지. 니가 말한 그자 말은 그런 뜻이 아닐 거야. 마음 독하게 먹어. 아직 세상이 다 끝난 건 아니야. 인간들이 다 사라질 때까지 우리의 세상도 다 끝난 건 아니라고."

블랑카김이 내 어깨에 한 손을 얹으며 말했다. 포유류인 인간에게서만 느낄 수 있는 따듯한 무언가가 오랜만에 내 몸으로 전해져왔다. 아마도 이 세상에서 마지막으로 느낄 수 있는 인간적인 온기일지도 몰랐다.

나는 숨을 깊이 들이쉬었다. 더럽고 복잡한 세상의 냄

새가 똥 냄새와 함께 내 코와 기도를 타고 저 깊숙한 곳으로 스며드는 듯했다. 그 냄새의 복잡함과 미묘함이 아직은 죽지 않고 살아있음을 말해주고 있었다.

블랑카김은 녀석과 내가 주고받은 얘기를 아직은 알지 못하고 있었다. 어쩌면 끝까지 모르고 있는 것이 더 좋을 듯도 했다. 나조차 아직 확신할 수 없는 낯선 미래를 그에게 믿게 할 순 없었다. 굳이 그러고 싶지도 않았다. 납득할 수 없는 미래는 근심과 공포의 근원이 될 수도 있었다. 모르는 동안 그의 마음만이라도 편안하길 나는 진심으로 바랐다. 그리고 그의 나머지 삶과 죽음이 편안하길 또 바라는 마음에서 손을 내밀었다. 그가 어깨에 얹었던 손을 내려 내 손을 잡았다. 뭔가 작별 인사를 해야할 것 같았지만 아무 말도 생각나지 않았다. 그도 마찬가지인 듯했다. 우리는 아무 말 없이 걸음을 돌려 각자의 집으로 돌아왔다. 그와 내가 마지막으로 주고받을 수 있는 것은 따뜻한 눈빛밖에 없었다.

똥냄새는 천지에 가득 차 있었다.

뭔가 정리를 해야 했다. 노트북을 열고 지금의 상황을 몇 자 적었다. 내 기록이 후대에 전해질지는 미지수였다. 하지만 그렇게라도 하지 않으면 지금 이 상황이 너무나 허무해서 견딜 수 없을 것 같았다. 스마트폰의 카메라 생각이 난 것도 그 때문인지 몰랐다. 나는 남은 전기를 모아서 스마트폰에 충전했다. 전화기의 기능은 소멸한 지 오래되었지만 카메라 기능만은 쓸 수 있을 것 같았다. 진즉에 그 생각을 했다면 녀석의 모습을 찍어서 인터넷에라도 올려놓았으면 판로가 생길 수도 있었을 거였다. 인터넷 기능이 있던 근처의 편의점과 지구대의 컴퓨터도 다 파괴된 마당에 이제 와서 그런 생각은 때늦은 것이었다. 설사 미리 인터넷에 녀석의 사진을 올려놓았다고 하더라도 실체를 확인하기 전까진 녀석이 로봇이 아니라 새로운 인종이란 사실을 사람들에게 믿게 하긴 어려웠을 것이었다.

다행히 핸드폰의 카메라가 작동했다. 우선 셀카로 내 모습을 찍고 녀석의 모습도 한 장 찍었다. 녀석이 이상한 눈빛으로 나를 바라봤다. 내친김에 녀석을 집어서 내 얼굴의 옆에 대고 사진을 한 장 더 찍었다. 녀석의 말이 사실이라면 처음이자 마지막인 나의 가족사진인 셈이었다. 무슨 생각을 한 것인지 사진 속의 녀석이 웃고 있었다.

나는 휴대폰과 노트북 그리고 그동안 모아놓았던 돈을 블랑카김에게 전달하려고 하다가 그만두었다. 그에게 유언이나 유품을 남기는 꼴이 되는 것이 싫었다. 자신만의 문제로도 머릿속이 복잡할 그에게 조금이라도 짐을 지

우고 싶지도 않았다. 모든 것은 미래의 되어감으로 되어
갈 것이므로 걱정할 것이 없었다.

뚜엔은 그날 밤 끝내 집으로 돌아오지 않았다.

더 이상 내가 할 일이 남아 있지 않다고 생각하자 마
음이 편해졌다. 남은 옥수수 사료와 물을 녀석에게 먹이
고 나는 물만 한 모금 마셨다. 정신이 잠시 맑아지는 느
낌이었다. 아파트 창밖으론 어느새 새벽의 여명이 다가
오고 있었다. 어디선가 똥냄새가 방 안까지 스며들고 있
었다. 이 세상의 냄새였다. 그러고 보니 세상은 늘 구렸
던 것 같았다.

'아직 살아있구나!'

나는 그만 조용히 눈을 감고 자리에 누웠다. 아무 생
각도 하고 싶지 않았고 떠오르지도 않았다. 그냥 쉬고
싶었다. 너무 오랫동안 진흙더미 속을 헤매고 다닌 것도
같았다. 하지만 사느라 발버둥치는 동안 내가 한 일들은
기억나지 않았다. 똥냄새만이 끝까지 어둠 속을 건너서
멀어지는 내 의식의 뒤를 쫓아오는 듯했다.

며칠 후 Q구역으로 떠나기 위해 넓은 뜰 아파트를 떠
나던 블랑카김이 201동 203호의 현관문을 열었을 때 거
기 살던 T-2-2의 모습은 보이지 않았고 아파트 안에는
웬 바퀴벌레들만이 우글거리고 있었다. 그는 황급히 현

관문을 닫았다. 닫고 나서 생각해보니 그는 자신이 방금 전에 본 것이 바퀴벌레인지 뭔지 확신을 할 수 없었다.

바퀴벌레들의 머리들이 모자이크 조각처럼 모여서 T-2-2의 얼굴로 보인 것 같은 착각이 순간적으로 들기도 했다. 그곳이 지옥인지 에덴인지도 그로선 도저히 알 수 없었다.

그리고 나서 다시 며칠 후, 아파트 옥상 위론 미사일이 날아가고 있었다. 국제 패트리어트 서바이벌 게임이 시작된 모양이었다. 최신 스테레오 로봇과 칩을 생산하는 오성그룹에서 후원하는 행사였다. 누군가의 새 세상이 열리고 있었다. 아니, 막을 내리고 있었다.

– 《문학의식》 2012/봄/여름호

9시 뉴스를 위하여

아버지는 마치 대통령 탄핵을 많이 해본,
성숙한 민주국가의 국민인 양 말했다.
그럴 때마다 나는 앞에 있는 아버지란 사람이 낯설게 느껴졌다.

그 해 여름 많은 사람들이 무더기로 없어졌고
놀란 자의 침묵 앞에 불쑥불쑥 나타났다
망자의 혀가 거리에 흘러넘쳤다
　　　　　- 기형도의 「입 속의 검은 잎」 중에서

즐거운 나의 집

"젊은 것들이 하는 일이라니…."

　오늘도 하루 종일 텔레비전 앞에서 시간을 죽이고 계셨던 것일까? 아버지는 기다렸다는 듯이 내가 출입문을 열고 들어서자마자 기어코 한 마디를 내뱉었다. 순간 목구멍으로 치밀어 오르는 뭔가를 마른침과 함께 억지로 삼켰다. 하필 9시였다. 출입문의 맞은편에 놓여있는 텔레비전에선 헌법재판소의 수도 이전 위헌 판결 소식을 전하고 있었다.

"저 봐라, 당연히 저렇게 돼야지! 요즘 젊은 것들이 뭘 안다고? 수도는 때가 어느 땐데 이전을 해?"

아버지는 오랜만에 신이 난 모양이었다. 저럴 때 보면 우리 아버지란 사람은 서울에 엄청난 부동산이라도 가지고 있는 사람처럼 보였다. 자기 집 하나 없는 주제에 부동산 아저씨들과 좀 어울리더니 그런 사람들 얘기만 들어서 그런가 싶기도 했다.

"저걸 봐라 저걸 봐! 보고 좀 느껴봐!"

아버지는 뒤도 돌아보지 않고 큰 소리를 쳤다. 하지만 난 옆에 서서 맞장구를 치고 싶은 심정이 아니었다. 그저 '젊은 것들이, 젊은 것들이' 하는 말에 질려서 옆에 가고 싶지도 않았다. 그 젊은 것들이란 것들이 오십을 훌쩍 넘긴 대통령과 사오십 대의 몇몇 국회의원이나 청와대 참모들이고 보면 더 이상 할 말이 없었다. 젊은 것들 속에 진짜 젊은 것들은 없어 보였지만, 나이도 상대적인 것이고 보면 아버지보다는 물론 젊은 놈들이었다. 아버지는 당신이 말끝마다 떠받들고 있는 경제와 안보의 주역 박정희 전 대통령보다는 일곱 살 정도가 아래였고 그와 함께 쿠데타를 일으켰던 김종필과는 비슷한 연배였다.

대통령 탄핵이 국회에서 가결되었을 때에도 아버지는

지금과 비슷한 반응을 보였었다.

"젊은 놈들이 아직 세상을 덜 살아봐서 뭘 몰라. 말이나 막 하고 도대체가 품위란 걸 모르니, 일국의 대통령이 그래선 안 되지, 암! 국민들 무서운 줄 알아야지. 민주주의가 뭐야?"

아버지는 마치 대통령 탄핵을 많이 해본, 성숙한 민주 국가의 국민인 양 말했다. 그럴 때마다 나는 앞에 있는 아버지란 사람이 낯설게 느껴졌다.

"아버지, 젊긴 누가 젊다고 그래요? 지금 대통령만 해도 아버지가 그렇게 칭찬하는 박정희가 쿠데타를 일으켜서 정권을 잡았을 때보다 십 년은 더 늙었어요. 박정희가 쿠데타를 일으켰을 때가 아마 마흔 넷이나 다섯 살 정도였을 걸요. 중앙정보부장이었던 김종필이 오히란가 뭔가랑 식민지 시대 청구권 문제로 회담을 하러 일본에 갔을 때가 서른일곱 살이었을 겁니다. 그러니까 당시의 쿠데타 주역들이었던 육사 8기생들이 그 정도 나이였겠죠. 요즘 386 정치인들보다 더 애송이들 아니었나요? 더 말해볼까요? 아버지가 잘 알고 있는 6·25 때는 어땠어요? 당시의 한국군 장성들이 삼십 대 초반의 애송이들 아니었나요? 그 나이에 사단장도 하고 군단장도 하고 참모총장도 다 해먹었어요."

젊은 것들 논쟁의 종지부를 찍을 것처럼 많은 말들이

쏟아져 나오자 놀란 것은 아버지보다 오히려 나였다.

"그건… 그 때만 해도 옛날이었지, 인재도 귀할 때고… 사람들 수명도 지금보다 훨씬 짧았던 시절이었지…."

"그래요. 다 평균 수명이 길어져서 생긴 일이에요. 옛날 같으면 다 죽어서 저 세상으로 가야했을 사람들이 아직까지 살다보니까 그런 말씀이나 하고 있는 겁니다. 아버지가 말씀하시는 저 젊은 것들도 옛날 같으면 다 할아버지 소릴 들을 나이죠."

뭔가 해서는 안 될 말을 하고 있다는 느낌이 들었지만 이미 쏟아진 말을 어쩔 수가 없었다. 텔레비전 화면엔 결코 젊다고 할 수 없는 알만한 몇몇 정치인들의 얼굴이 지나가고 있었다.

"그래, 다 오래 살아서 그…."

방문을 열고 들어가는 내 등 뒤로 아버지의 한숨 소리가 따라 들어오다 끊겼다.

교수 휴게실

학위 과정을 마치고 떠난 지 십 년 만에 돌아온 학교는 몰라보게 달라져 있었다. 기존의 건물들은 리모델링을 해서 내부 구조가 싹 바뀌어 있었고, 기존의 건물들 사이사이엔 새로운 건물들이 들어서 있어서 학교의 지형도가 완전히 바뀌어 있었다. 학기가 시작되고 나서 한동안은 강의실을 찾아다니느라 애를 먹어야 했다. 도서관이나 기타 편의 시설들의 위치나 이용 방법도 모두 달라져 있어서 낯선 학교에 새로 입학한 기분마저 들었다. 전임이 되어서 떠났던 학교를 다시 시간 강사가 되어서 돌아오고 보니 마음이 심란했다. 하지만 그나마 모교라고 강의라도 주는 것을 고마워해야 할 판이었다.

교수휴게실이란 팻말을 달고 있는 방의 문을 열고 들어서자 서늘한 한기가 밀려왔다. 안은 텅 비어 있었다. 나는 한편 구석에 자리를 잡고 앉았다.

'옛날엔 이 방이 뭐였더라?'

'아, 그래. 단과대학 행정실이었지.'

'그게 누구였지? 저쪽에 앉아 있었던… 아, 학생과 김 선생!'

'그 사람, 벌써 간암으로 세상을 떠났다고 했지? 허긴 그 때에도 이미 얼굴 빛깔이 이상했었어. 매일 술을 마셔서 그랬을까? 하는 일이 편했을 리가 없었을 테지. 싫든 좋든 학생들 동향을 담당 경찰서 정보과 형사들에게 보고해야 했을 테니까. 그러고 보니 올해로 대학을 졸업한 지 꼭 이십 년이 되는군. 그래, 올 초에 졸업 20

주년 기념행사도 했잖아. 세월 참.'

혼자서 이 생각 저 생각 왔다갔다 하는데 출입문 쪽이 시끄러워지면서 몇 명의 교수들이 몰려들어왔다. 점심 식사라도 하고 오는 모양이었다. 모른 척 하고 앉아있을 수가 없어서 자리에서 일어나며 고개를 꾸벅 숙여 인사를 했다. 재학생 시절에 얼굴을 봤던 교수도 있고 낯선 얼굴의 교수도 있었다. 교수들은 인사를 받는 둥 마는 둥 각자 자리를 찾아 앉았다.

"김 교수는 정년이 얼마나 남았소?"

"세 학기 남았어."

"그래요. 아직 한창 때네?"

"뭐가 한창이야? 그런 최 교수는 얼마나 남았는데?"

"난 이번 학기까지 포함해서 두 학기지."

그러고 보니 정년퇴임을 앞 둔 원로교수들인 모양이었다.

'다복들도 하셔라! 못해도 삼십 년 정도는 안정된 교수 노릇을 하셨을 테니 참 좋으시겠다.'

그런 생각이 들자 원로 교수들의 얼굴이 새삼스럽게 보였다. 전임이 된 지 4년 만에 쫓겨나서 다시 오 년 넘게 이 학교 저 학교를 떠돌고 있는 내 자신의 모습을 생각하니 원로 교수들의 모습이 새삼스러웠다.

"그나저나 철책은 어떻게 된 거야? 그렇게 쉽게 뚫리

다니 안심하고 살 수 있어?"

한 교수가 목소리를 높였다.

"그러게 말이야. 요즘은 군인들도 믿을 수가 없어."

"맞아. 군대도 장군들 빼놓곤 다 좌경화 됐다고 봐야 돼."

"그래. 보안대고 뭐고 다 그놈들이 장악하고 있다니까. 386 운동권 애들이 다 해먹고 있어."

"군도 적색화 되었다고 봐야지."

"우리가 다시 군대 가야하는 거 아냐?"

"뭘 봐?"

낯선 교수가 한겨레신문을 보고 있는 낯익은 교수에게 묻는 것 같았다.

"응, 이런 신문은 어떤 사람들이 보는가 해서 보고 있어."

"그놈들 얘기가 운동권 놈들 얘기지 뭐."

원로 교수들의 말이 쏟아질수록 머리가 아파왔다. 어쩜 집에 계신 우리 아버지 말씀이랑 하나도 다르지 않은지 의심이 들 정도였다. 옛날에 서당밖에 다니신 적이 없는 아버지나 소위 일류대학을 나오고 해외유학까지 다녀오셨을 일류대학의 박사님들이 하시는 말씀이 어떻게 저리도 똑같을 수 있는 것인지 모를 일이었다.

'정권이 바뀌었다고 하루아침에 근무하던 군인들이 다

옷을 벗었나?'

'요즘 군대 가는 젊은 애들이 운동이 뭔지나 아나?'

'진짜 386 운동권은 군대에 가지 않은 걸 몰라서 하는 소린가? 데모하고 점거 농성하다가 감옥 가서 전과자가 되는 바람에 군대에도 가지 않은 걸, 미제의 용병이나 군부독재의 하수인밖에 못된다고 군대에 가지 않을 목적으로 때가 되면 일부러 군 면제가 될 만한 시위를 했던 걸 몰라서 하는 소린가?'

원로 교수들의 말이 자꾸 머릿속에서 엉키기 시작했다. 교수란 사람들을 하루 이틀 겪어보는 것도 아니었지만 내가 졸업한 모교의 교수들마저 저 정도일 줄은 몰랐다. '저런 생각들을 하시면서 수십 년 간 저 자리에 있었구나'하고 생각하니 맥이 빠졌다.

"그나저나 요즘 젊은 교수들은 왜 그래?"

또 한 교수가 화제를 돌리려는 모양이었다.

"왜?"

"어떻게 학교 일이고 뭐고 할 생각을 안 해. 자기 일만 챙겨."

"요즘 젊은 애들이 그렇지 뭐."

"하다못해 휴게실에조차 얼굴을 비치지 않잖아?"

"늙은이들 꼴 보기 싫은가보지."

원로 교수들의 말이 차츰 자조적인 목소리로 변해

갔다.

"교수휴게실 간판 떼고 경로당이라고 써 붙여."

그러고 보니 며칠 안됐지만 교수휴게실에 들락거리는 젊은 교수들을 본 적이 없었다. 자리가 어색하고 불편해서 그럴 수도 있겠지만 굳이 자기 연구실을 두고서 선배 교수들이 앉아있는 휴게실에 드나드는 것도 불편하겠다 싶었다. 하지만 꼭 그런 이유만이 아닐 수도 있었다. 교수평가다 뭐다 바쁜 시절에 어디 딴 데다 마음을 둘 만큼 여유가 없는 것일 수도 있었다. 정년을 눈앞에 둔 교수들이야 그런 것 신경 쓸 일도 없고 주어진 수업이나 하면 될지 모르지만, 요즘 젊은 교수들에겐 자리가 자리가 아닐 지도 몰랐다. 평생직장의 개념도 사라지고 언제 어떻게 밀려날지 모르는 세상에 예전처럼 그렇게 인간적으로 어울릴 수 있는 여건이 아니었다.

왠지 젊은 교수들만 욕할 일이 아니라는 생각이 들었다. 게다가 나 같은 사람은 또 뭔가? 내 친구들의 상당수가 마흔이 넘도록 학위를 마치고도 아직 강사 노릇을 하고 있지 않은가? 학사나 석사 학위만 가지고도 교수 노릇을 할 수 있었던 세대와 마흔이 넘도록 박사에 박사 후 과정까지 마치고도 놀고 있는 사람들의 입장이 같을 수가 없었다. 어려운 시대였다고는 하지만 배운 만큼 젊어서부터 누릴 걸 다 누린 사람들과 마흔이 넘도록 제대로 된 교수 생활을 시작도 해보지 못한 사람들이 같을 수야 있겠는가? 원로란 사람들은 그런 사람들의 마음을 헤아리기나 하고 욕을 하는지 의심스러웠다. 어려운 시대를 살아오면서도 그 흔한 시국 사건에 서명한 번 안 하고 몸보신 잘해서 정년을 맞이하고 있는 그들에게 남들의 아픔이나 상처는 잠깐 동안의 심심풀이 얘깃거리에 불과한 것인지도 몰랐다.

쓸쓸해진 입맛이 개운하지가 않아서 아직 수업 시간이 되려면 몇 분이 더 남아 있었지만 자리에서 일어났다. 건물 주변이나 더 헤매다가 강의실에나 들어가야 할 것 같았다.

어느 문인행사 소묘

고만고만한 의식 행사 뒤의 식사, 술, 노래방, 식사, 술, 노래방. 일 년 가까이 쫓아다닌 문인행사들은 하나같이 그 범주에서 벗어나지 못하고 있었다.

"이 형, 여기도 젊은 사람이라곤 눈에 띄지 않는데."

평가위원으로 함께 따라온 김 형이 행사장을 둘러보며 말했다. 사회자가 지역 사회의 기관장을 비롯한 지역 문인들을 소개하고 있었다. 기관장 소개가 끝나자 곧바로 지역 사회의 문인 단체 임원들이 소개되기 시작했다. 지역의 유명한 산 이름을 딴 무슨무슨 문학회의 회장이나 지역의 특산 꽃 이름을 딴 문인회의 회장과 총무 등등 모두가 지역 문인회에서 한 가닥씩 하고 있는 양반들인 모양이었다. 그런 분들일수록 격식을 소중하게 여긴다는 것을 경험을 통해 알고 있는 김 형과 나는 묵묵히 그들의 행사를 지켜볼 수밖에 없었다.

행사의 총무를 맡고 있는 사람이 자리로 다가왔다.

"고생이 많으십니다. 웬만하면 젊은 사람을 시키시죠?"

김 형이 악수를 하며 말을 건넸다.

"그러게 말입니다. 환갑 넘은 내가 지금 이 나이에 이런 뒤치다꺼리나 해야 하다니 한심한 일입니다. 요즘 젊은 애들은 이런 데 오지도 않습니다."

총무가 말했다.

"그런 것 같군요. 젊은 사람들이 좀 참여를 해야 할 텐데요?"

김 형이 걱정스럽다는 듯이 말했다.

"요즘 젊은 애들은 전부 작가회의 쪽에 가 있지 않습니까? 민예총 사람들이 전부 해먹는 세상이니까, 젊은 놈들이 이런 단체는 거들떠보지도 않아요."

"그런가요?"

김 형이 멋쩍은 듯이 말을 받았다.

"힘 있는 쪽으로 몰려드는 것이 사람들의 생리이죠. 하지만 상황이 조금만 바뀌어도 그런 사람들은 다시 또 방향을 바꿀 사람들 아닙니까?"

세상이 바뀌었다 싶자, 평소의 태도를 바꿔서 설쳐대는 사람들을 생각하며 내가 말했다.

"그게 또 문제야."

김 형이 맞장구를 쳤다.

"그나저나 명함이나 한 장 주시오?"

총무가 자신의 명함을 김 형과 내게 내밀며 말했다.

"앞으로도 잘 부탁합니다. 어이구, 이거 박사님들이군요… 요즘은 발에 차이는 게 박사라서…."

총무가 김 형과 나의 명함을 훑어보며 말했다.

"그렇죠? 요즘은 발에 차이는 게 시인이고 박사고 교수라더군요."

김 형이 한 술 더 떴다.

"잡지들은 잡지들마다 한꺼번에 시인들을 여러 명씩 마구 등단시키죠? 무슨 대학교는 그리 많은지, 그 많은 대학에서 너도나도 학위를 남발하고 있죠? 왜 아니 그렇겠어요?"

기분이 상했는지 김 형이 노골적으로 말을 하기 시작했다.

"대학이 그렇게 많아도 우리 같은 사람이 갈 데는 없으니 어떻게 된 거죠?"

김 형이 괜히 총무와 시비를 할 것 같아 내가 끼어들었다.

"세상에 돈이 그리 많이 굴러다닌다고 그 돈이 모든 사람들한테 골고루 돌아갑디까?"

김 형이 나를 돌아보며 정말 몰라서 얘기 하냐는 듯이 말했다.

"아무튼 오늘은 저희랑 잘 보내시고 평가보고서나 잘 써주십시오. 갈수록 이런 일 하기도 힘들어서 원."

총무가 아쉬운 소리를 하며 자리에서 일어났다.

"젊은 사람들을 많이 영입하셔야겠어요. 그래야 일도 시키죠."

김 형이 말했다.

"그도 그렇지만 젊은 놈들한테 믿고 일을 맡길 수가 있어야지."

총무가 손을 저었다.

"이런 일 하는데 믿고 시키지 못할 일이 뭐가 있다고 저러실까?"

내가 멀어지는 총무를 보며 말했다.

"글쎄 말입니다. 다들 권력놀음이죠. 그것도 벼슬이라고 자리를 내놓기는 싫고…."

김 형이 형식적으로 박수를 치며 말했다. 누군가의 시 낭송이 끝났다. 행사가 생각보다 길어지고 있었다. 점차 앉아있는 것도 지루해지기 시작했다.

공모 원고 심사

수업을 마치고 나서 한 문인단체에서 주최한 수필 공모 심사를 하기 위해서 약속 장소로 향했다. 서두른 탓인지 다행히 아무도 와있지 않았다. 어줍잖게 정부단체의 지원을 받은 문인단체들의 행사에 평가위원이랍시고 따라다니다가 알게 된 사람의 추천으로 이번 수필 공모의 심사위원까지 맡게 된 터라 모여 있다고 하더라도 아는 사람이 있을 턱이 없었다. 평소에 문인들의 행사에 얼굴을 자주 내민 것도 아니고, 내 자신이 지명도가 높아서 남들이 다 알아볼 만한 인물도 아니었기 때문에 설사 그 자리에 사람들이 있었다고 하더라도 그들이 먼저 아는 척을 해오지 않으면 무엇 때문에 모인 사람들인지 알 리도 없었다.

행사를 담당하고 있는 주최 측의 인물인 듯한 사람이 나타나 인사를 했다. 곧이어 심사위원으로 위촉된 듯한 사람들이 하나 둘 나타나기 시작했다. 초등학교 교장, 중학교 교사, 전문대학교 교수, 수필가 등등의 직함을 가진 다양한 사람들이었다. 초등부, 중등부, 대학일반부의 심사를 위해 다양한 부류의 경험자들을 심사위원으로 위촉한 모양이었다. 과문한 탓인지 알 만한 사람은 하나도 없었다.

'내가 지금 제대로 된 자리에만 있다면야 이런 데 쫓아다니며 시간을 낭비하고 있지는 않았겠지?' 하고 생각하니 기분이 씁쓸해졌다. 한창 연구해야할 나이에 밖으로 돌아다니느라 아까운 시간을 다 버리고 있다고 생각하니 한심한 생각이 들기도 했다. 그런 생각이 들자 애써 추천해준 사람에게도 미안한 마음이 들었다.

'이것도 경험이라고 생각하지 뭐.'

애써 자위할 수밖에 없었다.

주최 측으로부터 심사방법을 간단히 듣고 나서 각자 심사해야할 원고를 받아들었다. 하지만 그냥 들고 가기엔 부피가 많아 보였던지 주최 측에서 택배로 보내주기로 했다. 그냥 헤어지기 섭섭하니 저녁 식사나 하자며 주최 측에서 식당으로 안내했다. 가로수의 잎들이 어느새 떨어져 여기저기 뒹굴고 있었다. 이미 겨울이 문턱에 다가와 있었다. 어디선가 시위대가 틀어놓은 듯한 확성기 소리가 들려왔다. 도심에서는 매일 들리는 소리였는지 모르지만 오랜만에 시내 한복판으로 나와 본 터라 그 소리마저 낯설게 느껴졌다.

"하루 종일 저 지랄들이야."

누군가가 투덜댔다.

"요즘은 공무원 노조가 또 시끄럽죠?"

뒤따라오던 사람 중의 하나가 말을 받았다.

"예, 한동안은 전교조 때문에 시끄럽더니 이젠 또 공무원들이 노조를 만든다고 설쳐대니 나라꼴이 어떻게 되려는 건지, 나 원, 참."

자신을 교장 선생이라고 소개했던 양반이 다시 한 마디를 거들었다.

"전교조 교사들은 학교에서 일은 잘 합니까?"

문인단체에서 안내를 맡고 있는 사람이 물었다.

"일은 뭐… 요즘 젊은 교사들 참 무서워요. 뭐라고 함부로 말을 못한다니까요. 회의 시간에 몰래 녹음했다가 나중에 꼬투리를 잡는다니까요. 젊은 놈들이…."

교장 선생이 다시 열을 올렸다.

"전교조 때문에 학교 교육이 망가져요."

누군가가 교장의 말을 거들고 있었다. 자꾸 다리에서 힘이 빠지며 내 걸음이 뒤쳐지고 있었다. 골목을 돌아서며 저만치 사람들의 모습이 사라지고 있었다. 어느 사이

내 걸음은 그들과 반대 방향으로 향하고 있었다.

지하철을 타며

접수된 일반부의 수필은 주로 해외 생활이나 해외여행 경험을 소재로 한 것들이었다. 심사를 하면서 새삼 국제화된 나라에 살고 있음을 실감할 수밖에 없었다. 유학생 수만 해도 18만 명이 넘고, 한 해의 해외 여행자만해도 수백 만 명이 넘는다고 하니까 어쩌면 당연한 일인지도 몰랐다. 외국에 나가본 값싼 감상이나 경험담들이 천편일률적으로 쓰여 있는 글을 수백 편씩이나 읽고 나니 피로가 몰려왔다. 글자 크기나 글자체도 제 각각이고 편집도 제 각각이라서 제출된 원고를 읽어내는 작업만 해도 피곤한 일이었다. 일을 마치고 뭔가 미진한 듯 누군가가 한잔하자고 제의하면 마지못해 따라가려고 하는 듯한 사람들의 표정을 애써 무시하고 집으로 가기 위해 전철역으로 향했다.

출퇴근 시간도 아닌데 역사 안이 혼잡했다. 그러나 유동적인 혼잡함만은 아니었다. 장날도 아닌데 의자는 물론 바닥에도 사람들이 자리를 잡고 앉아 있었다. 자세히 보니 노숙자 같기도 하고 아닌 것 같기도 하고 영 헷갈렸다.

'서울역도 아닌데 언제부터 여기도 이렇게 사람들이 늘어났지?'

이상한 생각이 들어서 사람들을 천천히 둘러봤다. 하나같이 모두 나이를 많이 먹은 사람들이었다. 모두 역에서 먹고 자는 사람들이라고 보긴 어려울 것 같고 그렇다고 어딘 가로 바삐 가려고 나온 사람들 같지도 않았다.

"2호선을 타려면 어디로 가야하나?"

할머니 한 분이 가쁜 숨을 몰아쉬며 주위를 두리번거리고 있었다. 누구에게 구체적으로 묻는 것도 아니어서 아무도 그 노인의 말에 관심이 없는 듯 앉아 있는 노인들은 그냥 앉아 있고 지나가는 젊은 사람들은 바삐 어디론가 사라졌다.

"저 녹색 표지판을 따라 가세요. 저 표지판을 따라가시면 2호선을 타실 수 있을 겁니다."

노인 옆을 지나쳐 갔던 나는 안타까운 마음에 다시 돌아와 노인에게 녹색 표지판을 가리켜 주었다. 노인은 얘기를 듣고도 힘이든지 한참을 제 자리에 서서 주변을 두리번거렸다.

승강장에 앉아있는 노인들은 전철이 들어와도 탈 생각

이 없는 사람들처럼 움직이지 않았다. 어딘 가로 가기 위해 길을 나선 사람들이 아닌 모양이었다. 날이 따뜻할 때 같으면 골목이나 공원에 모여서 시간을 보내던 노인들이 날씨가 좀 쌀쌀해지자 역사 안으로 자리를 옮긴 것 같기도 했다. 개중엔 비교적 깔끔하게 정장을 하고 있어서 아직은 이런 곳에서 시간을 죽여야 할 사람 같지는 않아 보이는 사람도 있었다.

지하철 안은 사람들로 붐볐다. 일찌감치 앉기를 포기하고 출입문 근처에 섰다. 그때 누군가를 야단치는 소리가 났다.

"젊은 놈이 자리에 앉아서 늙은이가 와도 일어날 줄도 모르고, 에이!"

좌석 앞에 섰던 노인이 자신의 앞에 앉아 있던 중년의 사내를 보고하는 소리였다.

"젊은 놈이라뇨? 환갑이 다 된 젊은 놈도 있소?"

야단을 맞은 사내가 더 언성을 높이며 일어났다. 자세히 보니 그 사내도 적지 않게 나이가 들어 보였다. 그의 말대로 환갑이 다 되었는지도 모를 일이었다. 그러나 어쨌든 앞에 선 노인보다는 젊어 보였다.

"어허, 그래도 젊은 것이 말대꾸는?"

노인이 지팡이로 바닥을 치며 말했다.

"말끝마다 젊은 놈, 젊은 것 하는데 당신은 얼마나 나이를 많이 먹었기에 그러쇼?"

사내가 제법 불량스럽게 대들었다.

"내 나이 일흔 다섯이다 이놈아! 너 같은 아들이 있어 이놈아!"

노인이 이번엔 지팡이를 치켜들며 말했다.

"그러셔어? 나이가 무슨 벼슬이라고 그렇게 큰소리야 큰소리! 나이를 먹었으면 저기 노약자 보호석 앞으로나 갈 일이지 왜 이리로 와서 행패야?"

사내가 노인을 향해 막말을 퍼붓더니 자리를 피해 다른 칸으로 건너갔다. 주위에 있던 사람들이 모두 고개를 돌리고 알듯 모를 듯한 미소를 지어 보였다.

다시 집으로

찬바람이 불고 여기저기서 송년회 소식을 전해왔다. 동인들의 송년 모임은 조용하고 쓸쓸했다. 먹고사는 것이 여의치 못한지 참석한 동인들도 많지 않았다. 나이든 동인들은 한 해가 또 저무는 것이 안타까운지 마지막 순간까지 열정적으로 노래를 부르며 몸을 흔들어 댔다. 그 모습이 애처로웠으나 어쩌면 그것이 나의 오래된 미래인지도 모르겠다는 생각이 들었다.

"좀 젊다고 까불지 마, 너도 임마 금방이야!"

중등학교에서 근무하다가 퇴임한 박 선배가 소리쳤다. 부인할 수 없는 그 소리가 내 가슴을 훑고나가 빌딩 숲 어디론가 사라졌다. 뚫린 가슴의 구멍 사이로 찬바람이 밀려들고 있었다. 집이 멀게 느껴졌다.

노래방을 끝으로 10년 만에 나갔던 동인들의 송년 모임을 파하고 비교적 일찍 집으로 돌아왔다. 그러나,

"일찍일찍 좀 다녀라! 매일 밤 집에서 기다리는 사람도 생각해야지?"

어머니가 현관문을 열어주면서 말했다. 집사람과 아이들은 이미 잠이 든 모양이었다. 아버지는 마감 뉴스를 보고 있는지 아직 텔레비전을 켜놓고 그 앞에 앉아 있었다.

"피곤하실 텐데 주무시지 않고요?"

인사를 했으나 아버지는 텔레비전에 정신이 팔려있는 사람처럼 아무 말도 없었다. 텔레비전에선 연내 4대 개혁 법안을 통과시켜야 되느니 마느니를 놓고 여야 의원들이 옥신각신 하고 있다는 소식이 흘러나오고 있었다.

"이젠 아주 빨갱이들이나 하는 짓들을 노골적으로 하고 있군, 젊은 놈들이 나라를 말아먹으려고 작정을 했어, 작정을 해!"

조용히 계시던 아버지가 드디어 예의 그 말을 터트렸다. 그냥 넘어가나 했지만 그건 착각이었던 모양이었다. 오늘은 또 밖에 나가서 그 퇴역한 대령들과 어울려 다닌 모양이었다. 그러고 보니 얼큰하게 술도 되신 모양이었다. 아침에 몇 푼 드리고 나갔더니 노인들과 어울려 술이라도 한잔하신 모양이었다.

"국가보안법을 없애고, 학교 하는 사람들 개인 재산도 뺏고 신문도 마음대로 못 만들게 해서 뭘 어쩌자는 거야? 빨갱이들 세상을 만들겠다는 거야?"

술도 드셨겠다, 아버지는 다시 소리를 높였다.

"잘못된 거 좀 고치자고 했다고 다 빨갱인가요? 아버진 당신 아들이 빨갱이로 보이세요? 제가 왜 전에 있던 학교에서 쫓겨났습니까? 말끝마다 젊은 놈이 세상을 덜 살아봐서 모른다고 하시는데, 아버진 세상을 그렇게 살아보고도 아직도 뭘 모르시겠습니까? 얼마나 더 세상을 속아 살아야 알겠습니까?"

허구한 날 하는 아버지의 그 소리를 듣자 짜증이 버럭 났다. 벗던 구두를 다시 신으며 나는 가방을 거실에 팽개쳤다. 벌써 오 년이 넘어가는 해직자 생활도 지겨웠고, 수십 번씩 가능성도 없는 대학에 지원서를 내느라 서류를 작성하고 제출하는 것도 지겨워지고 있었다. 쥐뿔도 가진 것도 없으면서 아들집에 얹혀사는 주제에 사

사건건 정부의 정책에 반대만 하고 있는 아버지의 목소리를 듣는 것도 짜증이 났다. 당신 아들이 평생 가야 이대로라면 서울에 집 한 채 장만하기도 어렵다는 걸 아는지 모르는지, 지금 이대로의 사립학교법으론 아들이 대학으로 돌아갈 수 없다는 걸 아는지 모르는지도 모른 채, 있는 사람들과 어울려 다니며 부화뇌동하고 있는 것 같아 더욱 신경질이 나던 참이었다.

전쟁 통에 빨갱이들한테 잡혀서 몰매를 맞고 죽었다가 살아난 아버지의 처지를 이해 못하는 것은 아니었지만, 모든 걸 빨갱이의 짓으로 몰아가는 그 논리에만은 진절머리가 났다. 마르크스의 자본론이 어떻고 레닌의 유물론이 어떻고 하면서 공산주의는 망할 수밖에 없다는 괴변을 들어온 것도 삼십 년이 넘었다. 정말 그런 말들이 있을까 싶어 대학에 들어가자마자 애써 찾아보았지만 아버지가 늘 하던 그런 말 같은 것은 어느 책에도 없었다. 아버지의 말들은 경찰공무원 시절 정신교육 시간에 들었을 법한 얄팍한 교리에 불과했다.

"아버지, 우리 같이 9시 뉴스를 앉아서 볼 수 없게 된 것이 벌써 20년이 넘어요. 이젠 저도 아버지랑 앉아서 마음 편히 뉴스도 보고 연속극도 보고 싶어요. 그 망할 놈의 빨갱이 얘기 좀 그만 하세요. 그 동안 그 망할 놈들의 얘기를 들어줄 만큼 들어줬으니깐 이젠 제 얘기에도 귀 좀 기울여 주세요? 아버지, 당신 아들이 박삽니다. 아무리 밖에 지천으로 널린 게 박사라지만 제가 노인정에 앉아서 하품이나 하고 계신 동네 어른신들 보다 뭘 모르겠습니까? 세상 오래 살았다고 다 알고 다 옳으면 왜 나이 드신 분들 중엔 존경할 만한 인간들이 그렇게도 없는 겁니까? 그렇게 아들 말을 무시하고 듣지 않을 걸 뭐라 힘들게 가르치셨나요? 저도 이제 사십이 넘었습니다. 젊어서 뭘 못할 나이가 아니라고요. 교수는커녕 나라를 맡겨주면 저들보다 못하겠습니까? 저도 할 말이 없어서 안 하는 거 아닙니다. 말이 되지 않으니까, 말을 해도 통하지 않는 세상이니까 이러고 있는 겁니다. 제발 조용히 좀 하세요. 제발!"

싸움이 난 줄 알았는지 위층과 아래층에서 현관문을 열고 내다보고 있었다. 들어가려다 말고 다시 현관문을 닫고 밖으로 나왔다.

공원의 밤바람은 찼다. 언제 뜬 달인지 반달이 한편으로 기울어 있었다. 차는 달인지 기우는 달인지 가늠할 수도 없었다. 이때쯤 달이 저만할 때가 아버지의 생신이었다는 생각이 들었다. 그러고 보니 내일이 아버지의 팔순 생신인 것 같기도 했다. 환갑도 칠순도 공부한답시고 챙겨드리지 못했었다. 말 할 자격조차 없는 놈이었다.

'헛살았구나!'

반달이 비수가 되어 내 가슴에 내리 꽂히는 것 같았
다. 누구의 집에선가 텔레비전을 크게 틀어놓았는지 장
군들의 진급 비리가 어쩌고저쩌고 하는 소리가 흘러나
오고 있었다. 내 가슴속의 별도 지고 있었다.

- 2004/미발표

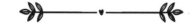

약식 - 자기 소개서 변천사

1

나는 19××년 ××대학교 사범대학 국어교육과에 입학하여 ××년 졸업하고, 곧바로 국문과 대학원에 진학하여 현대소설을 전공하였다. 이후 김승옥 소설을 소재로 한 석사논문을 제출하고 석사과정을 마친 후, 19××년 겨울 공군에 입대하였다. 이어 공군 사관후보생 교육 과정을 이수한 후, 공군 소위로 임관하여 수원 비행단 교육 장교를 거쳐 공군교육사령부 공군기술고등학교에서 국어과 교관으로 근무하다가 19××년 3월 공군 중위로 전역했다. 전역과 동시에 다시 국문과 대학원 박사과정에 진학하여 계속해서 현대소설을 공부하였다.

나는 평소에 대하역사소설에 많은 관심을 가지고 이 방면의 작품과 관계 서적들을 보아왔다. 「한국현대 역사소설의 정체성과 〈아리랑〉」, 「대하역사소설의 역사성과 일상성-김원일의 〈불의 제전〉론」, 「근대를 거슬러, 분단을 넘어-박완서의 〈미망〉」 등의 논문을 발표한 바 있으며, 최근에 다시 「〈혼불〉에 나타난 역사와 역사의식 연구」라는 논문을 집필하여 학회지에 투고한 바 있다.

박사과정에 재학 중이던 시절 최xx 교수가 주관한 『남북한 현대문학사』 편찬 작업에 필자로 참여하면서 문학사 편찬의 필요성과 매력을 인식하였다. 그 후 20세기의 한국 문학사를 거시적으로 보는 시각을 키우려고 노력해왔다. 그리하여 학위 논문도 20세기의 한국소설 전체의 흐름을 살펴볼 의도 하에 작업에 착수하였으나 일단 일부만을 나름대로 정리하는 수준에서 만족할 수밖에 없었다. 이후 좀 더 보강하여 『20세기의 한국소설사-근대적 집의 형성사 연구』라는 단행권을 출판하였으나 아직도 미비한 점이 많아서 더 많은 연구와 보강이 필요한 실정이다. 특히 전근대에서 근대로 넘어오는 시기의 작품들과 60년대 이후의 작품에 대한 연구가 부족하다. 아직은 「김승옥 소설 연구」나 「최인훈 소설 연구」 정도의 논문밖에 쓰지 못했지만, 계속해서 주요 작가별, 작품별로 연구를 진행해 나가면서 60년대 이후의 소설사를 재구성할 계획을 가지고 있다.

나는 앞으로의 연구 방향을 크게 두 가지로 잡고 있다. 첫째는 한국현대소설사에 대한 연구를 계속 심화시

켜 이 방면으로 의미 있는 성과를 내는 것이고, 두 번째
는 한국 소설의 이론을 탐구·정립하는 것이다. 이를 위
해선 세부 작가와 작품에 대한 연구가 뒷받침 되어야할
것이다. 물론 이러한 연구는 한국근대문학사를 어떻게
쓸 것인가라는 문제와 연결된 것이다.

　××여대는 전통을 자랑하는 이 나라의 명문 사학이다.
누구나 이런 대학에서 자신의 꿈을 펼쳐보고 싶은 꿈을
가지고 있을 것이다. 나 또한 마찬가지다. 경영능력이나
교육 환경이 최악인 학교에서 근무해본 경험이 있는 나
로서는 웬만한 분위기엔 모두 적응할 수 있다고 자부한
다. 그러나 좀 더 나은 교육 환경에서 교육과 연구에 전
념하고 싶다. ××여대라면 그러한 나의 욕망을 충족시켜
줄 수 있을 것이라고 확신한다.

2

　나는 ××대학교 사범대학 국어교육과를 마친 후 동대
학 국문과 대학원에서 한국현대소설 연구로 석사와 박
사 학위를 받았다. 다년 간 ××대학교, ××대학교,××공

업대학, ××대학교, ××대학교, ××대학교를 비롯한 교육 기관에서 대학국어, 현대소설론, 현대문학사, 소설창작론, 시창작론, 현대비평론, 문학과 사회, 현대문학연습, 사고와 표현 등 다양한 전공 및 교양 강의를 담당하여 경험을 축적한 바 있다.

또한 나는 한국현대소설 연구자로서 탁월한 자질과 풍부한 현장 경험을 가지고 있는 소장 학자로서 이론과 창작 능력을 겸비한 시인이기도 하다. 문예지에 시가 당선되어 등단한 이후 2권의 시집을 간행하여 문단의 주목을 받기도 했다.

학자, 교육자, 작가로서의 품성과 자질로 보아 한국×× 대학교의 교수로서 적절한 자격을 갖추었다고 생각한다. 나의 이러한 자질과 이력을 너그러이 살펴봐주시길 바라며, 끝으로 한국××대학교의 발전을 기원한다.

3

나는 19××년 9월 11일 저녁에 이중환이 『택리지』에서 한반도의 목구멍이라고 했던 강화 교동도에서 태어났다.

그날의 별자리가 좋았는지 태몽이 뭐였는지 아는 사람은 아무도 없다.

한국전쟁 당시 인민군의 포로가 되어 인민재판에 끌려나가 장살杖殺을 당했으나 기적적으로 살아나신 아버지(전직 경찰)는 평생을 별 뜻 없이 사셨다. 첫째인 형은 공부할 기회는 있었으나 일찍이 공부할 뜻을 접고 객지로 떠돌았으며, 아래로 세 누이는 공부할 뜻은 있었던 것 같으나, 당시의 사회 분위기와 집안 형편 때문에 제대로 배우지 못했다. 막내로 태어난 덕분에 난 비교적 내가 하고 싶은 공부를 하면서 자랐다.

고향에서 보낸 초등학교, 중학교 시절은 섬 생활이 대개 그렇듯이 단조로웠다. 섬이라고는 하지만 논이 많던 그곳에선 모내기, 김매기, 농약주기, 벼 베기 등 철마다 해야 할 시골 일들을 하면서 자랐다. 그런 일들이 어린 시절에 하기 좋았을 리는 없다. 거의 어머니 혼자서 하는 일이라 힘들고 쪼들리는 생활이었지만 웬일인지 돈을 벌어야겠다는 생각은 그리 하지 않은 것 같다. 그저 시간이 나는 대로 시나 소설책을 보면서 시간을 보냈다. 나의 사춘기 시절 또한 거의 짐승의 시간이었으나 특별히 큰 사고 없이 지날 수 있던 것에 대해 누군가에게는 감사해야 할 듯도 싶다.

중학교를 졸업한 후에 인천으로 나온 나는 세 누이의

도움을 받아가며 객지에서 유학 생활을 했다. 물론 시골의 어머니가 가장 많은 고생을 하신 것은 말 할 것도 없다. 그래도 누이들이 아니었으면 그나마 학교도 제대로 다니기 힘들었을 것이다.

특별히 열심히 공부한 기억은 없으나 80년 광주에서 확실하게 자신의 성깔을 보여준 군 출신의 대통령이 선심을 쓴 것인지, 대학 문을 갑자기 넓혀놓는 바람에 대학 자율화 1세대로 운 좋게 ××대학교 국어교육과에 들어갈 수 있었다. 하지만 대학은 그 아저씨들 때문에 조용할 날이 없었고 아버지는 어쩌면 부자의 시대 운이 이렇듯 없냐며 혀를 끌끌 찼다. 대학에 입학하자마자 나는 갑자기 더럽고 험한 세상에 내동댕이쳐진 기분이 들었다. 세상은 나보고 투사가 되라고 했지만 나는 그저 조용히 살고 싶었다. 그러나 나만이 도도한 역사의 흐름을 외면할 수도 없었고 광란의 시대를 비켜갈 수도 없었다. 내가 다닌 그 학교에선 더더군다나 그게 불가능했다. 양심껏 살 수밖에 없었다. 국어교육과 학생회의 문화부장, 사범대학 총학생회의 문화부장을 하며 학과 및 학교의 행사를 기획하고 열심히 실천했다. 내 동기생들이 일찌감치 군대로 다 도망간 후에도 나 혼자 남아서 할 일을 했다. 탈춤 강습도 방학 때마다 하고 축제 때에는 마당극도 만들어 공연도 해보았다. 그때 공연에 올렸던 마당극 제목이 '개판'이었다. 지금도 혹시 그게 그게 아닌지 모르겠다.

나의 개인적인 소망은 문학 쪽에 있었으나 당시의 현실과는 너무나 먼 소망이었다. 선배들은 문학 같은 것은 나중에 해도 된다고 했다. 문학을 하겠다는 것은 현실을 외면한 한심한 소리였다. 결국 내 스스로도 편치 않은 대학 생활을 내내 해야만 했다. 그럼에도 불구하고 최루탄 가스 자욱했던 당시의 대학가와 거리를, 그리고 한 시대를 무사히 건너올 수 있었던 것에 대해 한편으론 부끄럽고 또 한편으론 감사하다.

대학 생활 내내 전공 공부를 제대로 하지 못했다는 생각을 했다. 그래서 그냥 졸업하기엔 양심에 걸리는 것이 있었다. 대학원에 진학을 했다. 석사과정 동안엔 못했던 전공 공부를 하는 셈치고 나름대로 열심히 공부했다. 어렵게 논문을 쓰고 군에 입대했다.

공군사관후보생 시절은 힘들었으나 보람도 있었다. 사람은 힘들 때 그 인간됨이 드러난다는 사실을 다시 한 번 깨달았다. 아무리 힘들어도 인간으로서의 품위를 지키며 살아가야 한다는 생각을 했다. 명예와 책임의 중요성을 공군장교가 되기 위한 훈련과정에서 다시 배웠다. 임관 후에는 수원비행단 내에 있던 88전대의 교육장교를 약 3개월 반 정도 하다가 방공포사령부의 재편에 따라 다시 공군교육사령부 공군기술고등학교로 발령을 받았다. 교육대 국어 교관 노릇을 그곳에서 33개월간 하다가 전역했다. 대부분의 대한민국 남자들이 그러했겠지만, 가기 싫은 군대였으나 나의 군대 생활은 잔인했던 대학생활보다 오히려 더 재미있었다. 중등교사인 아내와 결혼해서 첫 아들도 낳았다. 당시에 아내는 경기도 가평의 현리에 있었고 나는 경남 진주에 있었다. 천리가 넘는 길을 주말마다 비행기 타고 전철 타고 기차 타고 버스 타고 다녔던 기억이 지금도 새롭다.

전역과 동시에 모교의 박사 과정에 들어갔으나 군에 있을 때보다 더 힘든 생활이 시작되었다. 시골에 있던 부모님과 살림을 합치고 아내는 교사 생활, 나는 경제적으론 무능한 대학원생의 생활을 시작했다. 다행히 ××대학교의 강사 생활 1년 만에 박사과정의 수료와 함께 전북 ××에 있는 ××대학교 국어국문학과의 전임강사로 가게 되었다. 곧바로 가족들을 데리고 내려갔으나 그곳 학교의 사정은 생각보다 좋지 못했다. 학교 시설은 엉망이었다. 더군다나 설립자 겸 총장인 분이 수백억 원의 횡령 혐의로 구속되었다. 하지만 교육부는 그런 사람에게 연속해서 1년에 하나 꼴로 7개의 대학을 설립 인가해 주었다. 등록금의 유출과 부정은 불을 보듯 뻔한 것이었다. 학생들은 대학 정상화를 요구하며 자주 시위를 했다. 하지만 학교 측에선 그런 학생들을 무조건 제적시키는 것으로 대응했고 보다 못해 나는 몇몇 뜻 있는 교수들과 교수협의회를 결성하는 데 동참했다. 한편 ××시의 뜻 있는 유지들과 힘을 합쳐서 ××경제정의실천시민연합을 만들고 나는 지리산 실상사의 ×× 스님과 함께 경실련의 공동대표직을 맡기도 했다.

　그러나 학교와 재단 쪽에서 그런 교수들을 그냥 두고 볼 리가 없었다. 회의와 협박을 병행하며 교수협의회의 해체와 탈퇴를 강요하더니 종국엔 탈퇴 각서를 쓰지 않으면 재임용에서 제외시키겠다는 협박을 해오기 시작했다. 대부분의 교수가 그 협박에 넘어가 탈퇴 각서를 쓰고 재임용 됐다. 그 다음 해에 내 차례가 되었을 때 나 또한 고민을 할 수밖에 없었다. 어떻게 된 교수인가? 그리고 이곳에서 쫓겨나면 우리 사회의 생리상 대한민국의 다른 대학에도 다시 발붙이기가 어렵다는 사실을 나도 알고 있었기 때문에 망설일 수밖에 없었다. 하지만 학자적 양심을 저버릴 수도 없었다. 비굴하게 무릎을 꿇고나서 다시 고개를 들고 강의를 할 수는 없었다. 나는 학자고 선비라고 스스로 생각했다. 결국 심사도 받지 못한 채 학교에서 쫓겨나고 연구실은 폐쇄됐다. 그 후 몇 년 동안 법에도 호소해보고 학교 문제를 국정감사장까지 두 차례나 끌고 갔으나 해결된 것은 아무 것도 없었다. 대신 그 과정에서 우리나라의 교육정책과 교육행정, 교육관료, 국회의원을 비롯한 정치인들, 지자제 공무원, 언론인, 법조인들의 문제점이 무엇인지 비싼 대가를 치르고 배우는 계기가 되었다. 먼 과거의 지조는 칭송해도 현실 속의 지조는 비웃음만 산다는 사실도 뼈저리게 배웠다.

그 후 다시 시간 강사로 돌아가 여러 대학을 전전하며 시간 강의를 하고 있지만 점차 회의만 늘어나고 있다. 생활을 도맡아 왔던 아내도 이젠 지쳐 가는 모양이다. 시대를 탓하며 무책임하게 한 평생을 살아온 내 아버지의 전철을 되풀이하고 싶은 마음도 없다. 가장으로서의 내 임무를 충실히 해야 할 때라고 생각한다. 대학으로 돌아가는 것이 현재로선 어렵다면 다른 일을 하며 내 가정에 그리고 사회에 공헌해야 한다고 생각한다. 시인 이지만 시를 써서 먹고 살 수도 없다. 이젠 세 배 네 배 열심히 강의하고도 교수들의 오분의 일, 십분의 일도 안 되는 돈을 받는 가당치 않은 일도 지겹다.

나는 대학에 입학한 후 학과와 학생회에서 문화부원으로 생활을 했으며, 대학원에 입학한 후엔 한국현대문학을 전공하며 시와 소설을 창작하고 가르쳐왔다. 각종 잡지에 시와 평론을 발표해오고 있으면서 항상 한국 문화 전반에 대한 관심과 고민을 계속해왔다. 문화예술교육에 관한 연구는 그 동안 내가 해온 일들의 일부였다. 문화 관광위원회에 기회가 주어진다면 열심히 잘 해낼 수 있으리라는 확신이 선다. 나는 항상 있는 그 자리에서 내가 해야 할 일을 회피하지 않고 내 자신의 명예와 품위를 지키며 열심히 해왔다. 앞으로도 그럴 것이다.

4

나는 19××년 조선 왕실의 유배지였던 강화 교동도에서 아버지 전주 이씨와 어머니 밀양 박씨 사이의 2남 3녀 중 막내로 태어났다. 내가 태어났을 때 나라는 이미 나뉘어져 있었고 세상은 그리 살 만한 곳이 아닌 듯했다. 우리 집 마당에서 이북이 건너다보이는 작은 섬에서 나고 자라다보니 우리가 분단국가라는 사실만은 자연스럽게 알게 되었으나, 삼한통일의 대업을 위해 일생을 걸 만큼 인간의 꿈이 원대하지는 않았다. 궁벽한 섬에서 나고 자라다보니 본 것이 그리 많지 않아 그저 시나 소설을 읽는 국어 선생님이 되면 되는 게 아닌가 하는 생각을 하는 것이 고작이었다.

향리에서 ××초등학교, ××중학교를 졸업하고 고향을 떠나 인천에서 보낸 고등학교 생활은 격조했으며, 대학 생활은 잔인했다. 평범한 일개 대학생의 신분으로서 갑자기 떠안기엔 조국의 민주화와 통일 그리고 탈종속과 선진화란 과제는 너무나 벅찬 것이었다. 쿠데타로 집권한 대통령 부부와 그 일당들 및 그 가족들의 희대의 사기극을 지켜보며 절망하기 일쑤였다. 걸핏하면 휴강이었던 강의실은 시시했고 선생님들도 적당히 태만했다.

대학 생활의 반은 후배들을 데리고 엠티를 다녔으며, 틈틈이 사회과학 서적들을 탐독했다. 그런 우리를 두고 당대의 권력과 언론은 운동권, 일부 극소수 좌경용공 세력이라고 했고, 훗날의 세상 사람들은 386 혹은 사회과학 세대라고 말했으나 어느 것도 마음에 들지는 않았으며 딱히 맞는 말도 아니라고 생각했다. 데모는 체질에 맞지 않았으나 시대 앞에 부끄럽지 않을 만큼 고민하고 아파했다. 그러나 모든 것이 미숙했다. 조숙한 동기생들이 모두들 군에 입대할 때도 비겁하게 도피하는 것 같아서 끝까지 대학에 남아 있었다. 대학을 졸업하고는 전공 공부가 부족한 것 같아서 내친김에 국문과 대학원에 진학하여 현대문학을 전공했다.

부족한 석사논문을 써놓고 공군사관후보생이 되어 군

에 입대했다. 공군이 내가 다닌 학교보다 시설이 좋아서 잠시 당황했다. 무턱대고 나라 걱정을 하지 않고 본분에만 충실할 수 있었던 군대 생활은 차라리 속편했다. 가평에서 교사 생활을 하고 있던 현재의 아내와 결혼하여 천리 밖을 오르내리는 신혼생활을 했다.

군에서 전역하면서 다시 박사과정에 입학했다. 세상은 많이 변했으나 학교는 그리 달라진 것이 없었다. 지도교수는 학부 때부터 박사과정 때까지 시인이지 소설가이신 오xx 선생님이셨다. 문학과 삶에 대한 많은 것을 거의 그 분으로부터 배웠다.

박사과정을 수료한 후 xx에 있는 대학에 운 좋게 전임이 되어 갔으나 그곳에서 너무 황당한 세상을 보았다. 선생 노릇이 욕되다고 생각했다. 부끄럽게 살 수 없어서 해직의 길을 택했다. 세상은 그런 나에게 여전히 우호적이지 않다. 내가 지키려고 한 것은 선생으로서의 최소한의 품위와 자존심이었으나 사람들은 그런 나에게서 과격하고 모난 이미지만 찾으려고 한다. 남의 말 하기를 좋아하는 호사가들의 상상력일 뿐이다. 사실 난 부드러운 남자다. 내가 시인이란 사실을 알아주는 사람을 만나는 일이 요즘 세상에서 수절과부 만나는 일보다 어려운 형편이지만 난 이미 3권의 시집을 낸 시인이다.

해직 후 벌써 십 수 년의 세월이 흘렀다. 세상인심도

체험할 만큼 했고 곤궁한 살림에도 이력이 붙었다. 노부모와 처자식에게 면목 없는 생활도 이젠 지겹다. 사람들은 내가 너무 학교를 고른다고 하나 그것도 사실과는 너무 다르다. 이 나라 대학의 밑바닥을 경험했다고 생각하는 나로선 말과 최소한의 상식이 통하는 대학이라면 어떤 대학이든 만족하고 생활할 자세가 되어 있다. 내가 원했던 것은 풍족한 월급도 명예도 아니었다. 그저 원하는 공부를 하며 학생들을 가르치고 가족을 돌보는 일이었다. 그럴 수 있는 학교로 돌아가고 싶을 뿐이다. 그 학교가 ××대학교라면 더 이상 바랄 것이 없겠다. 그 동안 나는 여러 대학에서 여러 층위의 학생들에게 다양한 글쓰기 방법과 전공 관련 강의를 해왔다. 현재는 ××대학교에서 강의를 하고 있으며, 격월간 종합문예지 《술과 노래》의 편집장, 한국탈근대문학회 기획위원으로 활동하고 있다. 풍부한 나의 교육과 연구 경험이 ××대학교 학생들에게 축복으로 다가갈 수 있기를 기대한다.

첨부1 − 추천서

추천서

정직과 관대가 교육의 시작이며 정직과 관대를 습관화하는 것이 교육의 목적이라고 알고 있습니다. 거짓과 사기가 판을 치는 지금의 세상을 보고 있으면 교육자의 한 사람으로서 부끄럽기 짝이 없습니다. 그럼에도 불구하고 제게 조금 위로가 되는 것은 이○○ 박사와 같은 사람이 있기 때문인 것 같습니다.

이○○ 박사는 학부 과정부터 박사과정을 마칠 때까지 제가 쭉 지켜봐온 사람으로서 우직할 정도로 건실하고 진실한 인간입니다. 서둘러 개인의 이익을 취하지 않음은 물론 사술이나 편법의 유혹에 쉽게 넘어가지 않는, 대인의 풍모를 지닌 사람입니다. 뭐든 쉽게 변하고 변절하는 세상에 살면서도 이 박사는 인간으로서 가야할 길을 부단히 탐색하며 묵묵히 한 걸음 한 걸음 내딛고 있습니다. 그의 그러한 삶의 자세는 요란하지는 않으나 담백하며 민첩하지는 않으나 적확합니다.

시와 소설 그리고 평론 등 다양한 장르에 걸쳐 이론과 창작에 밝고 능숙한 것은 이 박사의 사소한 미덕에 불과합니다. 공군 장교, 고등학교 교사 및 여러 대학에서 전임, 겸임, 객원, 강사 등 다양한 신분으로 다양한 학생들과 과목을 가르친 경험은 그의 학문과 인간적 성숙에 기여한 바 크며, 교육자로서의 원칙과 소신을 지켜가며 그가 겪은 삶의 시련과 고통은 그의 삶과 문학 그리고 학문 세계의 폭과 깊이를 더욱 깊고 넓게 만들기도 했습니다. 시련과 고통을 통해 더욱 단련되고 다듬어진 이 박사의 정신과 원만한 인품은 교육자로서 갖춰야할 최상의 자격 요건이기도 합니다.

 거짓과 불의, 의심과 분열, 질시와 모함이 판치는 이 어지러운 세상에서 한 사람의 교육자로서 이○○ 박사의 지식과 인품이 세상의 어둠을 걷어내는데 일조할 수 있으리라 생각하며 귀교의 교원으로 적극 추천합니다. 아울러 귀교의 무궁한 발전을 기원합니다.

20××년 10월 12일

××대학교 사범대학 국어교육과 교수

문학박사 오○○ (인)

5

    나는 19××년 강화 교동도에서 지난 세기의 분단전쟁 (통일전쟁이라고 했다가 욕을 보고 있는 인간을 거울삼아 분단전쟁이라고 한다)에서 심하게 욕을 본 후, 별로 세상을 현명하게 살지 못한 백수 아버지 전주 이씨와 덕분에 고생밖에 할 것이 없었던 농부 어머니 밀양 박씨 사이의 2남 3녀 중 막내로 태어났다.

    내가 태어났을 때 나라는 이미 나뉘어져 있었고 세상은 그리 살 만한 곳이 아닌 듯했다. 우리 집 마당에서 이북이 건너다보이는 섬에서 나고 자라다보니 우리가 분단국가라는 사실만은 자연스럽게 알게 되었으나, 삼한통일의 대업을 위해 일생을 걸만큼 인간의 꿈이 그리 원대하지는 않았다. 궁벽한 섬에서 태어나서 자라다보니 본 것이 그리 많지 않아 그저 시나 소설을 읽는 국어 선생님이 되면 되는 게 아닌가 하는 생각을 하는 것이 고작이었다.

    고향을 떠나 인천에서 보낸 고등학교 생활은 격조했으며, 대학 생활은 잔인했다. 평범한 일개 대학생의 신분으로서 갑자기 떠안기엔 조국의 민주화 통일 그리고 탈송속과 선진화란 과제는 너무나 벅찬 것이었다. 쿠데타로 집권한 대통령 부부와 그 일당들 및 그 가족들의 희대의 사기극을 지켜보며 절망하기 일쑤였다. 강의실은 시시했고 선생들은 태만했다. 대학 생활의 반은 후배들을 데리고 엠티를 다녔으며, 틈틈이 사회과학 서적들을 탐독했다. 그런 우리를 두고 당대의 권력과 언론은 운동권, 일부 극소수 좌경용공세력이라고 했고, 훗날의 세상 사람들은 386 혹은 사회과학 세대라고 말했으나 어느 것도 마음에 들지는 않았다. 데모는 체질에 맞지 않았으나 시대 앞에 부끄럽지 않을 만큼은 했다. 허나 나보다 더 많은 것을 희생했던 선배나 동료들 앞에선 늘 부끄러웠다. 하지만 변절이 뭔지도 그들로부터 배웠다.

전공 공부를 게을리 한 터라 그냥 졸업하기가 민망하여 대학원에 진학했다. 그게 실수라면 실수다. 이 땅에선 가방끈이 길어질수록 피곤하다는 사실을, 감당해야할 치욕과 고통이 길고도 깊다는 사실을 재빨리 눈치 채지 못한 나의 아둔함 때문에 지금도 속이 쓰리다. 나중에 「두사부일체」란 영화를 보며 학교란 곳이 조폭들의 세계만도 못하다는 사실을 알게 됐지만 때늦은 수업이었다. 대한민국에 예외는 없었던 거다. 하지만 정치인들만 너무 나무라지 않기로 했다. 걔들의 추태는 대한민국 인간들의 평균적인 모습일 뿐이다. 걔들이 나고 내가 걔들이다. 세상은 배울수록 추악하다는 사실을 알면 된다. 적당히 배우고 적당히 알면 세상이 아름답고 행복할 수도 있을 것 같다. 희망은 항상 위에 있지 않고 아래에 있었으며, 중심에 있지 않고 주변부에 있었다.

더 이상 세상 사람들에게 특별히 기대하는 것은 없다. 인간들은 누구나 살아가면서 기회가 되면 적당히 할 짓은 다 한다. 그렇기 때문에 위대한 것인지도 모르겠다.

내가 살아온 흔적이 그 동안 출간했던 세 권의 시집과 몇 권의 저서에 부분적으로 들어 있으나 별로 주목받지 못했다. 당대는 권력이고 십여 년 후는 실력이고 몇 백 년 후에도 살아남느냐는 그저 운이란다. 그러나 후대에 도 기대를 걸지는 않는다. 왜냐면 그 때도 또 나와는 다른 부류의 인간들의 시대가 계속될 테니까.

그 동안 조직의 쓴맛을 너무 많이 봐왔다. 조직의 단맛도 좀 보며 살도록 노력하겠다. 주위의 사람들을 소중하게 생각하며, 특히 언니들을 사랑하며 살겠다. 같은 배신이라고 해도 차라리 언니들에게 당하는 것이 났다.

윗강물 아랫강물이 뒤섞이는 교하 통일동산에서 이 글을 쓴다. 뭐든 저렇게 자연스럽게 뒤섞이는 게 좋은 것 같다. 북핵 소식만 아니라면 좋은 날이다. 그러나 이 모든 것이 새삼스럽지는 않다.

6

위의 사람은 패설稗說 연구자이자 시인이며 소설가다. 시인의 자字는 지은 바가 없으니 모르겠고, 호는 이산施山이다. 시인은 궁벽한 서해의 한 섬에서 태어나 대처의 풍물과 일들을 보지 못하고 자란 관계로, 또 허구한 날 패설이나 보고 자라다 보니 아는 것이 하나 같이 잡스런 일들뿐이라 길거리에 흔한 그 도道도 하나 모른 채 매일 사람들에게 이리 채이고 저리 채이며 사는 게 일이니 그저 한심한 위인일 뿐이다.

시인이 비록 한때는 큰 서당에서 시문이나 보며 틈틈이 대인들의 문장을 접해보았다고는 하나 그게 다 알고 보면 소인배들의 문장이라 믿을 것도 없고 쓸모도 없는 것들이었다. 불혹의 나이가 다 되어서야 비로소 문장과 사람, 그리고 세상이 다 따로따로 임을 겨우 알까 말까 하니 위인의 영민하지 못함이 이와 같다. 그렇다보니 시인이라고는 하나 그 시인이 쓴 시라는 것이 어련하겠는가? 당연한 결과로 시인이 시인임을 아는 사람을 만나기가 요즘 세상에 길에서 수절과부 만나기보다 어려운 형편이니 시인이랄 것도 없고, 시 써서 죽 한 그릇 사서 먹은 적 없으니 어디 가서 직업이 시인이랄 수도 없다. 그나마 어쩌다 술 마시다 생각이 났는지 그의 이름 석자를 기억하는 사람들이 있어 가끔은 청탁이란 것도 받기는 하나 그 흔적이 없다. 요즘은 한술 더 떠서 소설까지 쓰고 있으니 갈수록 태산이다. 근자에는 서책도 멀리한 채 먼 산이나 바라보고 동네 견공犬公들 흘레붙는 거나 보면서 시시덕거리고 있으니 그의 내자와 한창 돈 들어갈 자식들, 그리고 북망산이 멀지 않은 노부모만 환장할 일이다.

꼴에 먹물은 들었다고 어느 날 이리저리 옥편을 뒤적이더니 옳다구나 허벅지를 치며 한 자를 골라내어 자신의 호號를 지으니 그것이 바로 이산迤山이라. 이산이란 곧 낮고 긴 산을 일컫는 말이니 평범한 조선의 산들처럼 잘난 척 튀지 말고 평범하게 남의 눈에 띄지 않게 그렇듯 살아보자는 뜻이니, 높게 날아도 시원치 않을 세상에 웃기고 자빠질 일이다.

십 수 년 간 이 서당 저 서당 돌아다니며 비정규 인생을 살다보니 늘어난 것은 심통이요 줄어든 것은 주머니 쌈짓돈이라. 어느 날 갑자기 정지된 카드와 밀린 전화요금, 불어난 대출금에 놀라 큰 서당의 훈장 공채에 다시 응모하겠다고 먹을 갈고 난리법석이니 웃다가 허리가 잘록해진 개미의 고사가 되살아날 판이다. 그래도 이 서당 저 서당에서 국문과 문예창작학과 전공 수업은 물론 모 대학에선 READING & WRITING 센터의 기획의 하나로 『문학 감상과 글쓰기』(역락, 2004)란 책을 공동 편찬함과 동시에 학생들에게 글쓰기를 가르친 경험과 최근 몇 년 동안 고려서당에서 '사고와 표현'이란 글쓰기 과목을 통해 『글쓰기의 기초』, 『인문과학과 글쓰기』, 『사회과학과 글쓰기』, 『자연과학과 글쓰기』 등의 교재를 통해 다양한 학과의 학생들에게 글쓰기 방법을 가르쳐왔으니 '글쓰기'엔 나름대로 일가견이 있다고 자신하고 있으니 긴가민가라.

위인이 쓴 글에는 한때 낚시 코너에 꽂혀 있었다는 소문이 돌았던 『민통선 망둥어 낚시』와 부동산 코너에 꽂혀 있을 법한 『세상의 빈집』, 비디오 대여점에 꽂혀 있을 것 같은 『포르노 배우 문상기』 등의 시집과 『20세기의 한국소설사』, 『침묵의 시와 소설의 수다』(평론집) 등의 저서가 있으며, 『남북한 현대문학사』, 『문학 감상과 글쓰기』 등의 공동 집필 저서가 있으나 종이 값도 못하고 있으니 이 자가 글은 제대로 쓰고 있는 자인가 의疑라! 허나 이만 한 자가 없음도 진정 확실할 터, 낙점 앞에 망설이지 마시길 간구懇求라. 제기랄!

7

자기소개서(108)

일·하고· 싶·어·요!
무·척· 일·하고· 싶·어·요!

"나는 당신들의 온갖 비리와 음모에 동참할 수 있습니다."

"뭐든지 시키는 대로 하면 된다문서?"

"저는 까라면 까는 사람입니다."

일·하고· 싶·어·요!
나도, 무·척· 일·하고· 싶·어·요!

좀, 도와줍쇼!

8

- 시·소설·평론·시나리오 창작 및 이론 수업, 각종 글쓰기 수업 가능
- 인문사회과학 전 분야 석박사 학위 논문 작성 가능
- 보직 교수 및 선배 교수 논문 대필, 표절 가능
- 술자리·잠자리 시중 가능
- 이성애자이나 동성애도 가능(아마도), 변태 환영
- 다양한 욕과 비문도 구사 가능
- 1인 시위 및 가투도 가능
- 대통령, 국무총리, 유엔사무총장, 국회의원, 문화부 장차관, 교육부총리, 대학총장 등 각종 공직 수행 가능(업무 수행 도중 성형 수술이나 굿을 하지 않겠으며, 사저에서 잠을 자지도 않겠음. 게다가 퇴직 후에도 자살하지 않을 것을 맹세함. 국회청문회의 출석 요구가 있어도 무시할 수 있으며, 굳이 나간다면 모르쇠로 일관할 수 있음. 검찰 조사에 성실히 임할 자세가 언제든지 되어 있으며, 구치소나 교도소 수감 생활도 잘할 자신이 있음.)
- 돈 배달 등 각종 퀵 서비스가 가능하며, 무엇보다도 당신들의 모든 비리에 무조건 동참할 수 있음.

9

마흔 여덟 살

전직 교수요

여전히 사립대학 여기저기 시간 강사고

무지 쪽팔린다.

그래서 오늘도 지구는 돈다. 무지 빨리 돈다.

- 2012/2017수정/미발표

약식-자기소개서 변천사

난 타고난 이야기꾼은 못된다. 어쩌다 이 행성의 한 귀퉁이에 몸을 붙이고 살다보니 가끔 할 말이 생기기도 하는데, 아무나 잡고 수다를 떨 수는 없고, 그럴 땐 혼자서 좀 *끄*적거리지 않을 수 없다. 여기 모아놓은 작품들은 그런 날들의 독백 같은 글들이다.

작품을 발표할 기회가 없어서 지면에 발표하지도 못한 작품이 태반이다. 언제까지 기다리고만 있을 수도 없어서 부끄러움을 무릅쓰고 다시 작품집을 엮는다. 타임캡슐을 땅에 묻는 심정으로.

2018년 어느 무덥던 여름날,
파주 여여재與與齋에서
패설 몽 허문재

허문재 소설집

국경 國境

초판 인쇄 _ 2018년 8월 10일
초판 발행 _ 2018년 8월 17일
지은이 _ 허문재
펴낸이 _ 안혜숙
편집·디자인 _ 임정호
교정 _ 박지유

펴낸곳 _ 도서출판 문학의식
등록 _ 2018년 6월 7일
등록번호 _ 785-03-01116
주소 _ 인천시 강화군 불은면 불은남로 341(오두리)
전화 _ 02.582.3696
이메일 _ hwaseo582@hanmail.net

값 12,000 원
ISBN 979-11-964565-0-4 03810